Priester, Neffe, Tod

Die Deutsche Nationalbibliothek – CIP-Einheitsaufnahme.
Die Deutsche Nationalbibliothek verzeichnet dieses Buch
in der Deutschen Nationalbibliografie;
detaillierte bibliografische Daten sind im Internet über
http://dnb.d-nb.de abrufbar.

Erste Auflage Februar 2015
Zweite Auflage Mai 2015
© Größenwahn Verlag Frankfurt am Main
www.groessenwahn-verlag.de
Alle Rechte vorbehalten.
ISBN: 978-3-95771-031-4
eISBN: 978-3-95771-032-1

Thomas Bäumler

Priester
Neffe
Tod

Gerti Zimmermann recherchiert

IMPRESSUM

Priester, Neffe, Tod

Autor
Thomas Bäumler

Seitengestaltung
Größenwahn Verlag Frankfurt am Main

Schriften
Constantia und *Lucida Calligraphy*

Covergestaltung
Marti O´Sigma

Coverbild
Marti O´Sigma

Lektorat
Regine Ries

Druck und Bindung
Print Group Sp. z. o. o. Szczecin (Stettin)

Größenwahn Verlag Frankfurt am Main
Februar 2015
Mai 2015

ISBN: 978-3-95771-031-4
eISBN: 978-3-95771-032-1

Alle Personen in diesem Buch sind frei erfunden.
Etwaige Namensähnlichkeiten sind reiner Zufall.

INHALT

FINIS
8 Der tote Prälat
14 Seekofel
19 Gerti Zimmermann

ORIGO
23 Waidbuch
31 Erwin Beierl
32 Gerlinde Beierl geb. Hornberger
35 Franziska und Elisabeth Beierl
38 Pfarrer Georg Hornberger
43 Josef Beierl
45 Wolfgang Bernreiter

VITA JOSEPHI
48 Kindheit und Jugend
62 Vater
67 Mutter
72 Patenonkel
76 Missbrauch
89 Flucht nach Prag
95 Zdenka
102 Freier
109 Drogen
125 Entzug
137 Neuordnung
142 Libusa
148 Hermes
155 Heimkehr

171 EPILOG

183 BIOGRAPHISCHES

Omnibus sanctis, qui sunt cum nobis, sed tamen nemini notis
Allen Heiligen, die unter uns leben und die doch niemand kennt

FINIS

Der Tote Prälat

Seine weit aufgerissenen Augen starrten ins Leere, sein Mund war in einem stummen Schrei eingefroren. Die in sich verkrampften Hände waren mit Kabelbindern nach hinten an die Lehne, die Fußknöchel auf ebensolche Weise an die vorderen Beine des alten, schäbigen Holzstuhls, auf dem er saß, gefesselt. Seine schwarze Priestersoutane war nach oben geschoben und gab den Blick auf seinen entblößten Unterkörper frei, wo an der Stelle, an der sich üblicherweise Penis und Hoden befanden, eine dreieckige Wunde klaffte. Man hatte ihm beides offenbar fein säuberlich mit einem scharfen Gegenstand abgetrennt. Zwischen seinen Beinen lagen in einer großen Blutlache seine schwarze Anzughose und die Unterhose.

Rechts und links neben dem Stuhl waren große silberne Leuchter aufgestellt, von denen das abgeschmolzene Wachs in erstarrten Kaskaden nach unten hing. Gegenüber – an der einzigen weiß gekälkten steinernen Mauer des alten, ansonsten aus Holz gebauten, neben einer kleinen Kapelle gelegenen Ziegenstalls – war, offenbar mit dem Blut des Opfers, in großen Lettern geschrieben: ›Markus 9.42‹

Darunter stand auf dem Boden ein barockes Kreuz mit dreifüßigem Standbein, wie man sie in alten Dorfkirchen noch häufiger finden kann. Davor lag in einer goldenen Hostienschale wie eine verschrumpelte graue Raupe der abgetrennte Penis. Die Hoden waren nirgendwo zu finden.

Der hochwürdige Herr Prälat Hornberger aus der Bischofsstadt Regensburg, frisch gebackener Ehrenbürger seines Heimatortes Waidbuch, hoch geachtet und angesehen von jedem, der ihn kannte, war ganz offensichtlich bestialisch ermordet worden.

Kopfschüttelnd wandte sich der ermittelnde Hauptkommissar Friedrich Lederer von der ebenso grausigen wie faszinierenden Szenerie ab, um die Ermittlungsroutine in Gang zu setzen. So etwas hatte er in den dreißig Jahren seiner Tätigkeit bei der Polizei noch nicht gesehen, schon gar nicht in der eher beschaulichen und ruhigen nördlichen Oberpfalz.

Gerti Zimmermann, die zwanzigjährige, etwas untersetzte Volontärin des ›Oberpfälzer Heimatblattes‹, hatte ihren zuständigen Chefredakteur Eberhard Meister zum Tatort begleiten müssen, um mit ihm zusammen den Bericht, der am morgigen Tag in der Heimatzeitung erscheinen sollte, vorzubereiten. Sie hatte eine kurze braune Pagenfrisur, eine Stupsnase und große, immer leicht belustigt dreinschauende braune Augen. In der Redaktion mochte man sie wegen ihrer unbekümmerten, nichts desto weniger aber auch einfühlsamen Art und ihrer Schlagfertigkeit. Nachdem sie einen ersten Brechreiz soeben erfolgreich bekämpft hatte, stand sie nachdenklich vor der blutigen Inschrift und überlegte, ob der Täter mit dem Hinweis auf eine Bibelstelle unter Umständen eine Andeutung über sein Motiv gegeben haben könnte. Da sie jedoch nicht bibelfest war, machte sie mit ihrem Handy ein Foto, um dann später zuhause nachlesen zu können, was es mit der Bibelstelle auf sich hatte.

»Träum nicht so rum, Gerti! Du kannst dich schon mal gründlich umschauen, denn da werden wir demnächst einen schönen Artikel über den Toten mit Kindheit, Familie und allem Drum und Dran machen. Wer weiß wofür wir den noch brauchen werden – weißt schon ... Ehrungen, Namensgebung von Schulen oder Straßen und so, was halt immer so nachkommt bei so hohen Viechern.«

»Ist recht, Chef. Ich recherchier ja schon.«

Gerti gab sich allergrößte Mühe, unter den gestrengen Augen ihres Vorgesetzten größtmögliche Geschäftigkeit an den Tag zu legen.

Nachdem bereits eine Woche intensiver Ermittlungsarbeit verstrichen war, musste sich Hauptkommissar Lederer eingestehen, dass sie so gut wie nichts in der Hand hatten, was sie der Lösung des Mordfalles hätte näherbringen können. Weder war ein tragfähiges Motiv für die Tat erkennbar, noch hatte sich irgendeine verwertbare Spur ergeben, die die ermittelnden Beamten zu einem Tatverdächtigen hätte führen können. Die Bibelstelle aus Markus 9.42, die man von Seiten der Polizei sogar unter Hinzuziehung eines Bibelexegeten der Universität Regensburg analysiert hatte, ergab in der Zusammenschau in Bezug auf Motiv und Täter ebenfalls keinen rechten Sinn, so dass diese unter die vielen unlösbaren Rätsel, die der Fall aufgab, abgelegt wurde.

Bei der Obduktion hatte man übrigens festgestellt, dass dem Mordopfer seine Hoden tief in den Rachen gestopft worden waren und der Tod durch Ersticken eingetreten war.

Man ging zwar davon aus, dass der Prälat seinen Mörder gekannt haben musste, denn es waren keinerlei Kampf- oder Abwehrverletzungen erkennbar, jedoch hatte der Gerichtsmediziner festgestellt, dass man dem Opfer irgendwann innerhalb der letzten Stunden vor der Tat sogenannte K.O.-Tropfen verabreicht hatte, deren Wirkung zum Tatzeitpunkt allerdings bereits wieder weitgehend abgeklungen war. Der Mann hatte die bestialische Tat also bei vollem Bewusstsein miterleben müssen.

Diese Spur führte jedoch ins Leere, da K.O.-Tropfen auf den Vietnamesen-Märkten im grenznahen Gebiet Tschechiens ohne weiteres unter der Hand erhältlich waren und die Amtshilfe durch die tschechischen Behörden zu keinem Ergebnis geführt hatte.

Etwas Bewegung kam erst dann in die Ermittlungen, als man bei der weiteren Blutuntersuchung des Ermordeten feststellen musste, dass dieser HIV-infiziert war. Recherchen im näheren beruflichen Umfeld des Ermordeten, in seiner Pfarrei, bei Seminaristen-Kollegen und Mitpriestern ergaben schließlich, dass seit Jahren über eine angebliche Homosexualität des Prälaten gemunkelt worden war und dass er manchmal für ganze Tage einfach verschwunden war, ohne dass jemand wusste, wo er sich aufgehalten hatte.

Ermittlungen in den Strichermilieus Regensburgs, Münchens und Nürnbergs waren dann allerdings ebenfalls im Sande verlaufen, so dass man seitens der Kriminalpolizei letztendlich von einer Tat im Umfeld dieses Milieus, möglicherweise unter Beteiligung krimineller Kreise ausging und den Fall schließlich ungelöst zu den Akten legte.

Nachzutragen bleibt noch, dass auch die Befragung des nächsten verwandtschaftlichen Umfelds des Prälaten und weitergehende Ermittlungen in seinem Heimatort Waidbuch nichts Erhellendes zur Lösung des Falles hatten beitragen können. Lediglich Gerlinde Beierl, eine Schwester des Opfers hatte nicht vernommen werden können, da sie völlig bewegungs- und teilnahmslos – die konsultierten Psychiater sprachen von einem katatonen Stupor, wohl als Folge eines akuten Schubes einer vorher nicht diagnostizierten schizophrenen Erkrankung – am Tag des Auffindens des Toten von ihren Eltern ins Bezirkskrankenhaus Wöllershof eingeliefert hatte werden müssen, wo sie seitdem reglos und stumm in einem Sessel saß und auf keinerlei äußere Reize reagierte. Inwieweit ein Zusammenhang ihres Zusammenbruches mit dem Tod ihres Bruders bestand, konnte nicht mehr geklärt werden, da sie einer Vernehmung nicht zugänglich war, allerdings kam das Zusammentreffen beider Ereignisse dem ermittelnden Hauptkommissar zumindest merkwürdig vor. Er musste diese Frage jedoch mangels greifbarer Indizien als eines der ungelösten Rätsel dieses Falles ebenfalls zu den Akten legen

Laut Auskunft der betreuenden Ärzte war die Prognose bezüglich einer Besserung des derzeitigen Zustands wenn nicht aussichtslos, so doch äußerst schlecht.

Gerti Zimmermann selbst hatte den Verweis auf das Markusevangelium an der Wand des alten Ziegenstalles zwar nicht vergessen, war aber nicht mehr dazu gekommen, sich mit ihm genauer zu beschäftigen, da sie einerseits ja keine ermittelnde Polizeibeamtin war, andererseits, wie man sich lebhaft vorstellen kann, die Redaktion auf Wochen hinaus mit aktuellen Lagestandsberichten betreffend der Fahndung nach dem Täter beschäftigt war.

Seekofel

Josef Beierl hatte sich verspätet. Eigentlich hatte er den Parkplatz neben dem Hotel ›Pragser Wildsee‹ spätestens mittags erreichen wollen, um den Aufstieg auf den Gipfel des Seekofel geschafft zu haben, bis das Abendlicht golden würde. Aber wie so oft gab es am Brenner Stau, so dass er jetzt, um zwei Uhr nachmittags, Mühe haben würde, sein Vorhaben wie geplant in die Tat umzusetzen.

Josef war hochgewachsen, von schlaksiger Statur, der Nacken leicht gebeugt, so dass seine Arme etwas nach vorne hingen. Für seine gut 22 Jahre wirkte sein Gesicht deutlich vorgealtert, um seinen schmalen, sensiblen Mund hatte sich ein bitterer Zug eingegraben. Die Gesichtshaut war gelblich-grau, die Augen, um die sich dunkle Ringe abzeichneten, lagen tief in ihren Höhlen. Sein aschblondes, mittellanges stumpfes Haar stand wirr in alle Richtungen von seinem Kopf ab. Bekleidet war er mit einer Jeans, einem groben braunkarierten Baumwollhemd und Trekkingstiefeln. Er hatte außer einer Wasserflasche, die er am Gürtel hängen hatte, weder einen Rucksack, noch einen Fotoapparat noch andere Ausrüstungsgegenstände bei sich.

Es war ein idealer Tag für einen Ausflug ins Gebirge. Die Herbstsonne leuchtete von einem tiefblauen völlig wolkenlosen Himmel, die Luft war mild und duftete nach Latschenkiefern. Es war wie oft im Herbst in den Dolomiten völlig klar, so dass er vom Gipfel eine phantastische Sicht haben würde.

Nachdem er den roten Skoda mit tschechischem Kennzeichen, der schon deutlich bessere Tage gesehen hatte, am großen Parkplatz beim Hotel ›Pragser Wildsee‹ abgestellt hatte, wandte er sich ans rechtsseitige Seeufer, um dem mit einer weißen 1 in blauem Dreieck markierten Uferweg zum hinteren Seeende zu folgen, wo er den Beginn des Aufstiegs zum Seekofel wusste. Scharen fröhlicher Ausflügler, die einen Spaziergang zum Ende des in einem tiefen Talkessel liegenden Sees unternommen hatten, kamen ihm bereits wieder auf ihrem Rückweg entgegen, die Vorfreude auf einen guten Nachmittagskaffee ins Gesicht geschrieben.

Wie ein monolithischer Block thronte der Gipfel des Seekofel im Süden über seiner nahezu senkrecht fast 1.500m zum hinteren Ende des Sees hinabfallenden Nordwand. Der See selbst war vor Zeiten durch einen Bergsturz entstanden, der den das Hochtal durchfließenden Bach am Nordende aufgestaut hatte. So hatte sich ein nahezu kreisrunder See gebildet, der vom Gipfel des Seekofel aus gesehen wie ein blaugrünes Auge in der weißen, von dunkelgrünen Kiefern und hellgrünen Almwiesen durchsetzten Dolomitschotterebene lag. Es war ein magischer Ort, sein Lieblingsplatz in den Bergen, den er von einem Urlaub mit einem früheren Freier noch kannte und dessen stille Schönheit sich tief in seine Seele eingegraben hatte.

Am südlichen Seeende angekommen wandte Josef sich dem Dolomitenhöhenweg 1 folgend nach links, wo er durch Schotterfelder und Latschen rasch an Höhe gewann. Letzte Sommerblumen säumten seinen Weg durch den Latschenwald. Die Luft war erfüllt vom vielstimmigen

Summen verschiedenster Insekten, die die ausklingende Sommerwärme tankten, und dem betörenden Latschenduft, bevor dichter Bergwald ihn verschluckte und der Weg zusehends steiler und beschwerlicher wurde. Ab und an gewährte eine Spitzkehre einen Blick zurück auf die sich nach und nach im Talgrund verlierende Bläue des Sees.

Nach gut zwei Stunden war er an der steilen Felspartie oberhalb des ›Nabigen Lochs‹ angekommen, die mit Hilfe einer Seilsicherung überwunden werden wollte. Dies gelang ihm nur mit Schwierigkeiten und unter größter Anstrengung, denn seit der Heroinabhängigkeit war es mit seiner körperlichen Leistungsfähigkeit stetig bergab gegangen. Doch hatte er diese Hürde schließlich auch gemeistert und gönnte sich auf den noch sonnenwarmen Grasnarben unterhalb des ›Ofens‹, einer Felsbank, die umrundet werden musste, eine längere Pause, die er im weichen Gras ausgestreckt auf dem Rücken liegend verbrachte, wobei ihm schließlich die Sonne abhandengekommen war, die hinter den wie Pfannkuchen gestapelten Felsen des ›Ofens‹ verschwunden war. Am gegenüberliegenden schrofenartigen Aufstieg zum Gipfel, der noch in der vollen Sonne lag, bemerkte er eine Herde von gut zwanzig Steinböcken, mit deren Beobachtung er seine restliche Pause verbrachte.

Nachdem er wieder einigermaßen zu Kräften gekommen war, machte er sich an die letzten Höhenmeter zur ›Rifugio Biella‹, wo er entgegen seiner ursprünglichen Planung keine Rast machen würde, da er in der Abendsonne gegen 18 Uhr den Gipfel zu erreichen hoffte.

An der Hütte herrschte noch reichlich Trubel. Die letzten Tagesgäste genossen auf der Terrasse die wärmenden Sonnenstrahlen, die die vor ihnen liegende Fanesalpe in gelboranges Licht tauchten, während in der Ferne die Gletscher der Marmolata bläulich schimmerten. Bald würden sie sich an den Abstieg machen müssen. Die Wanderer, die auf der Hütte übernachten wollten, hatten sich auf bereit gestellten Liegestühlen oder im herbstlich braunen Gras ausgestreckt und freuten sich auf einen schönen Hüttenabend. Dazwischen tollte ein zahmer Schafbock, der den einen oder anderen Leckerbissen zu erhaschen gedachte. Über allem wölbte sich ein tiefblauer, glasklarer Himmel, erleuchtet von einer Herbstsonne, die die zum Greifen nahen Gipfel, die die Fanesalpe umstellten, in warmen Farben mit scharfen Schatten modellierte.

Nur kurz hatte Josef ein Auge für die Schönheit dieses Bildes, hatte er doch noch die steilen Schrofen zu überwinden, deren Felsformationen in quere und schräge Schichten übereinander gelagert den Gipfel des Seekofel aufbauten. Man hatte vor Jahren die Seilsicherungen entfernt, so dass beim Aufstieg erhöhte Vorsicht walten musste, wollte man unbeschadet den Gipfel erreichen.

Nach gut einstündiger anstrengender Wanderung über ausgesetztes Gelände war es dann soweit: Josef hatte den Gipfel des Seekofel, das letzte Ziel seiner Träume und Sehnsüchte erreicht. Unterwegs hatte er noch mehrere kleine Edelweißblumen gefunden, die eine lang nicht mehr gekannte Wehmut in seinem Herzen aufkeimen ließen, erinnerten sie ihn doch an die schönen Tage, die er in dieser Gegend schon einmal verbringen durfte.

Die Szene, die sich ihm am Gipfel als einzigem Besucher darbot, war überwältigend. In klarem Licht lagen vor ihm im Süden hinter der weit hingestreckten Fanesalpe und dem Kreuzkofel-Massiv die Gipfel der Marmolata, im Westen die Ketten der Ötztaler Alpen, der Zillertaler Alpen, die Rieserfernergruppe, im Norden – wie von Riesenhand hingewürfelt – das Pustertal, im Osten, direkt neben ihm die Hohe Gaisl, dahinter die Sextener Dolomiten. Und zu seinen Füßen – senkrecht fast 1500 m unter ihm das Ergreifendste, das er je gesehen hatte, fast wie das Auge Gottes, eine tiefe Ruhe und ewigen Frieden ausstrahlend, blaugrün schimmernd – der Pragser Wildsee, der einen Sog auf ihn ausübte, dem er einfach nicht widerstehen konnte.

So breitete er seine Arme aus und ließ sich der bodenlosen Unendlichkeit des grünen Auges unter ihm entgegenfallen. In den Sekunden bis zum Aufprall sah er, wie im fernen Prag eine wunderschöne rothaarige Tschechin namens Libusa einen Sohn gebar, dem sie den Namen Josef geben würde und er sah das blendend weiße Licht, das er schon einmal gesehen hatte, damals in Prag als er das erste Mal mit Zdenka geschlafen hatte, er sah es voller Dankbarkeit, bevor er nun endgültig darin versank.

Währenddessen durchströmte tiefer Friede und nie gekannte Freude sein Innerstes, durchtränkte ihn wie wunderbare Musik. Er wurde ganz Liebe und mit einem Mal spürte er, dass er seiner toten Freundin Zdenka nun schon ganz nahe war, näher, als er ihr je in seinem Leben gewesen war.

Gerti Zimmermann

Und wer einem der Kleinen, die glauben, Anlass zur Sünde gibt, für den wäre es besser, wenn ein Mühlstein um seinen Hals gelegt und er ins Meer geworfen würde.
Markus 9.42

Gerti Zimmermann war zugegebenermaßen etwas irritiert, als sie nach einer Verzögerung von etwa zwei Wochen – in der Redaktion war seit dem Mord die Hölle los gewesen – endlich dazugekommen war, sich mit der Bibelstelle zu befassen. Was mochte der Täter damit gemeint haben? Gab es einen dunklen Punkt in der Vergangenheit des Prälaten, die etwas mit einem kleinen Kind zu tun hatte? Oder war es eine Anspielung auf eine sexuelle Vorliebe wie Pädophilie? Oder war es ein Racheakt aus dem Strichermilieu, aber wie passte zu diesem Milieu dann ein Bibelspruch? Oder war es gar ein Auftragsmord kirchlicher Kreise, denen das allzu bunte Treiben des Priesters zu viel geworden war? Rätsel über Rätsel.

Gerti Zimmermann beschloss, nachdem sie von Chefredakteur Meister ohnehin zu Erkundigungen in Sachen Prälat Hornberger verdonnert worden war, in dieser Sache auf eigene Faust über die von Herrn Meister erwarteten allgemeinen Auskünfte über Herkunft, Kindheit und Jugend des Prälaten hinaus noch etwas tiefergehende Recherchen anzustellen. Zunächst würde sie sich mit dem Heimatort des Opfers und seiner Familie sowie dem Opfer selbst befassen. Dazu würde sie sich im Ort – in der gebotenen Diskretion natürlich – gründlich umhören und umsehen müssen.

Daneben würde sie sich die digital archivierten Zeitungsausgaben der letzten Jahrzehnte vornehmen und unter dem Suchbegriff ›Waidbuch‹ alle Artikel auf mögliche Verbindungen zu dieser Sache überprüfen. Damit wollte sie morgen, an ihrem dienstfreien Wochenende beginnen, da sie ohnehin nichts Besseres vorhatte und ihr Freund zudem mit seinen Kumpels eine Kneipentour unternehmen wollte.

Bereits nach einer Stunde Recherchierens hatte sie am folgenden Tag einen Treffer gelandet. Vor etwas mehr als sieben Jahren war in Waidbuch ein fünfzehnjähriger Junge namens Josef Beierl spurlos verschwunden, mit ihm die gesamte im Haus befindliche Barschaft sowie die Münzsammlung seines Vaters. Ausgedehnte Such- und Fahndungsmaßnahmen waren erfolglos geblieben, ebenso Aufrufe in der örtlichen und überörtlichen Presse. Beierl, Beierl, irgendwo klingelte es da bei ihr, dieser Name war ihr erst kürzlich untergekommen. Tatsächlich, die Schwester des Mordopfers, die Frau die in nicht ansprechbarem Zustand in die Psychiatrie hatte eingewiesen werden müssen, hatte Gerlinde Beierl geheißen. Konnte das Zufall sein?

Nur wenige Anrufe später wusste Gerti Zimmermann, dass es sich bei der Frau um die Mutter von besagtem Josef handelte. Das roch doch förmlich nach einer Verbindung beider Ereignisse? Sie beschloss unverzüglich nach Waidbuch zu fahren und entsprechende Erkundigungen anzustellen.

ORIGO

Gerti Zimmermanns Recherchen waren recht erfolgreich gewesen. Wenn man es richtig anstellte waren die Dörfler, die ohnehin zum Tratschen neigten, mit ihren Informationen recht freigiebig. Sie hatte zwar noch nicht die Verbindung zwischen beiden Fällen gefunden, was sie aber in Erfahrung hatte bringen können, war interessant genug. Ihre Ergebnisse hatte sie in Ausarbeitungen zusammengefasst, die sie nach dem jeweiligen Untersuchungsobjekt geordnet, in einem Aktenordner zusammengefasst hatte. Um den Überblick zu behalten, hatte sie diese je nach untersuchtem Objekt in kleine Kapitel unterteilt und für die Weiterleitung an Herrn Meister bereits in eine entsprechende sprachliche Form gebracht. Ihre Nachforschungen hatten Folgendes ergeben:

Waidbuch

Um den Background einer Person wirklich verstehen zu können, ist es notwendig, sich mit den äußeren Bedingungen ihrer Herkunft zu befassen. Dabei sind kleine Marktflecken, in ländlicher Umgebung zumal, ein eigener Kosmos für sich, den sich Bewohner einer mittleren Stadt, wie sie der Großteil unserer Leserschaft darstellt, nicht einmal im Ansatz vorstellen können. Jeder kennt hier jeden, jeder beobachtet jeden, über Schwächen und Verfehlungen gerade Abwesender wird gerne und ausführlich diskutiert.

Es gibt meinungsbildnerische Zirkel, denen man angehören muss, will man etwas darstellen – ›wer sein‹, wie es hier zu Lande heißt – dazu gehören der Sportverein, die örtliche Feuerwehr, der Schützenverein, die CSU, für die unverheirateten Männer der Burschenverein und für den weiblichen Teil der Bevölkerung der kirchliche Frauenbund, die Landfrauen und die Frauen-Union.

Es gibt die alteingesessene Bürgerschaft, seit Generationen hier siedelnd – ›Edelbürger‹, als die sie sich selbst verstehen – die für die Zugereisten, die ›Neubürger‹, zu denen auch Mitbürger gezählt werden, die zwar seit ihrer Geburt hier ansässig sind, deren Eltern aber zugezogen sind und nicht einer der ›alten‹ Familien angehören, nur milde Verachtung oder gar hochnäsigen Dünkel übrig haben. Sie verstehen sich als die wahren und würdigen Einwohner, als *die, deren Wort gleichsam aus geborenem ›Adel‹ heraus mehr Gewicht haben muss, als das der ›Neuen‹, auch wenn sie selbst oft nur die allerdümmsten Bauern sind.*

Es gibt Honoratioren im Ort, deren Meinung und Urteil maßgeblich sind und über deren dunkle Seiten allenfalls hinter vorgehaltener Hand gemunkelt wird. Dazu gehören in der Regel der Bürgermeister und andere Amtspersonen, der Arzt und der Apotheker soweit vorhanden, sowie vielleicht noch der Wirt, bei dem man sich zum Stammtisch und nach der Kirche zum Frühschoppen trifft, und der Vertreter der Geldwirtschaft, hier im ländlichen Bereich am ehesten der Vorsteher der örtlichen Raiffeisenbank. Sicherlich zählt zu diesem erlesenen Kreis auch der Schullehrer, dem es neben der Unterrichtung der Kinder häufig immer noch obliegt, sonntags die Orgel zu spielen und den Kirchenchor zu leiten.

Über allen steht und über allem Zweifel erhaben ist der Ortspfarrer, bei dessen Anblick man noch in den 1950'er Jahren »Gelobt sei Jesus Christus« zu deklamieren hatte und dessen moralische Autorität in den Augen der meisten Dörfler menschliches Maß nachgerade überschreitet, ist sie doch von geradezu göttlicher Legitimation. So werden ihm auch allzu menschliche Schwächen nicht persönlich angerechnet, sondern eher den ungünstigen Umständen oder den gegebenenfalls daran beteiligten weiteren Personen, die diese doch nur provoziert hätten.

So war es bis in die jüngste Vergangenheit und ist es zum Teil auch heute noch auch in Waidbuch im Norden des schönen Bayernlandes.

Ein schmucker Ort ist es, gelegen inmitten der sanften Hügel des Oberpfälzer Waldes, umgeben von Feldern und

Wald, auch heute noch weitgehend landwirtschaftlich geprägt. Bis zur nächsten Kreisstadt sind es gut 30 Kilometer, näher ist die Grenze nach Tschechien, die man schon nach 5 Kilometern erreicht. Bis weit in die achtziger Jahre des letzten Jahrhunderts befand sich diese Gegend durch die Zonenrandlage am äußersten Rand der westlichen Welt, ein Umstand der das Gedeihen oben genannter Sonderheiten nicht gerade behindert hat.

Klimatische Kennzeichen dieser Region sind ein nahezu beständiger Ostwind, der die Häuser sich geradezu Schutz suchend um die Kirche ducken lässt und lange, kalte, schneereiche Winter, die an manchen Tagen den Ort geradewegs unerreichbar machen können.

Zentrales Merkmal und Zentrum des Ortes ist die Kirche aus dem 17. Jahrhundert, der Turm gekrönt von einer weithin sichtbaren Zwiebel und der danebenstehende schlossähnliche Pfarrhof. Westlich an dieses Ensemble schließt sich ein mandelförmiger Marktplatz an, umstanden von gedrungenen, dickwandigen Ackerbürgerhäusern, dazwischen Metzgerhaus, Bäckerhaus, ein Kolonialwarenladen und zwei Gasthäuser, deren einer Wirt zusätzlich den ehrbaren Beruf des Viehhändlers ausübt. In der Mitte des Marktplatzes stehen seit undenklichen Zeiten eine große Linde, daneben ein kleiner Brunnen und das unvermeidliche Kriegerdenkmal. Am westlichen Ende des Platzes neben der zuführenden Straße, praktisch der Kirche und dem Pfarrhof gegenüber, liegt breit das Rathaus, ein repräsentativer Barockbau mit später eingefügten neogotischen Elementen, einem in gleichem Stil gestalteten filigranen Freibalkon und darunter liegender kleinen Freitreppe.

Die Peripherie des Ortes besteht zum größten Teil aus landwirtschaftlichen Anwesen, einer unbedeutenden Neubausiedlung und der am Ortsrand gelegenen kleinen Grundschule nebst Kindergarten.

Das Haus der Beierls übrigens befindet sich direkt neben dem Pfarrhof. Es ist eines jener oben erwähnten Ackerbürgerhäuser, deren Besitzer zum einen einem Beruf nachgingen, zum anderen eine kleine Landwirtschaft betrieben, die sie großenteils jedoch bereits aufgegeben haben.

Vater Beierl beispielsweise hatte eine kleine Schusterei, die ihn und seine Familie mehr schlecht als recht ernährte, so dass er außerdem das Amt des Pfarrmesners ausübte, wofür er eine zusätzliche Aufwandsentschädigung erhielt. Mutter Beierl war die meiste Zeit Hausfrau gewesen.

Das Haus selbst ist ein dickmauriger Bau aus dem 18. Jahrhundert, ein typisches Ackerbürgerhaus, dessen vorderen, zum Marktplatz gelegenen Teil schon immer Küche, Stube und eine Art Wohnzimmer, welches selten genutzt wurde, einnahmen, und dessen hinterer, zu einem kleinen Gärtchen führender Teil früher Ställe, jetzt die väterliche Schusterei beherbergt. Das Obergeschoss, welches über eine steile Holztreppe erreichbar ist, umfasst viele kleine Zimmer, die links und rechts eines langen schmalen Gangs angeordnet sind. Hier finden sich das Elternschlafzimmer, die Zimmer der Kinder, ein Näh- und Bügelzimmer der Mutter, ein Bad sowie mehrere Abstellkammern. Im gesamten Haus ist es sommers wie winters gleichbleibend angenehm kühl und dunkel, was zum einen an den niedrigen Räumen mit den tiefhängenden, dunklen, bohlengestützten Holzdecken, zum anderen an den sehr kleinen Fenstern mit den dicken Mauern, wie sie für diese Region typisch sind, liegen mag.

Das Elternhaus des Mordopfers Georg Hornberger befindet sich am südlichen Ortsrand, etwas abseits inmitten von Feldern gelegen. Es ist ein typischer kleiner Oberpfälzer Vierseithof, dessen Südseite das Wohnhaus, Ost- und Westseite Scheunen und Stallungen und dessen Nordseite ein großes zweiflügliges Holztor einnimmt. Bewohnt wird das Anwesen von den Eltern des Mordopfers sowie dessen unverheiratetem Bruder Alois, der den Betrieb schon seit einigen Jahren führt. Zuletzt bewohnte auch noch Gerlinde Beierl, die Mutter des vermissten Josef Beierl und Schwester des Mordopfers, nach der Trennung von ihrem Ehemann – deren Umstände weiter unten genauer beschrieben werden sollen – zwei Zimmer im Obergeschoß des Bauernhauses.

Das Leben des Ortes findet seinen Rhythmus in den kirchlichen Feiertagen, die es strukturieren, ihm Ordnung und Sinn verleihen. Dementsprechend festlich und aufwendig werden diese begangen, dementsprechend kritisch werden diejenigen beäugt und wenn nötig auch sanktioniert, die sich dieser Ordnung entziehen wollen.

Absoluten Höhepunkt des örtlichen Lebens, Kumulationspunkt dieser auf das Kirchliche hin ausgerichteten Ordnung, Gesprächsstoff auf viele Jahre hinaus bietend, stellt das seltene und damit entsprechend aufwendig begangene Ereignis einer Primiz dar. Es ist die erste Messfeier eines zum Priester geweihten Sohns der Gemeinde in seinem Heimatort.

Der ganze Marktflecken ist auf den Beinen, Kirche, Marktplatz, jedes Haus sind festlich geschmückt. An den

Straßenrändern stehen junge abgeschnittene Birken, sie säumen den Weg des Primizianten von seinem Elternhaus zur Kirche. Vor beiden sind Blumenteppiche ausgelegt, kirchliche Symboliken darstellend, der Weg selbst ist oft mit Rosenblättern bedeckt.

Der Primiziant wird vom sichtlich stolzen Ortspfarrer, seinen Mitzelebranten, dem Primizprediger, dem Bürgermeister und den anderen Honoratioren des Ortes bei seinen vor Stolz und Rührung ergriffenen Eltern abgeholt, oft bringen Kindergarten- oder Grundschulkinder Gedichte und Lieder zu Gehör, dann zieht man mit Blasmusikbegleitung zur Kirche, wo der erste Gottesdienst feierlich abgehalten wird.

Der Kirchenchor hat dafür schon Monate vorher zu proben begonnen. Die Mitglieder der Feuerwehr sind in ihren Uniformen aufmarschiert, auch der Schützenverein und alle anderen Vereine sind angetreten und haben Fahnenabordnungen entsandt, die um den Altar Stellung bezogen haben. Die Frauen des Ortes haben seit Tagen die Kirche geputzt und reich geschmückt, Kuchen, Kücheln und Torten für den anschließenden Empfang gebacken. Jeder hat seinen Platz, jedem ist seine Aufgabe zugeteilt, keiner darf sich entziehen.

Nach dem die Messe abschließenden Primizsegen, der als besonders gnadenreich und heilsbringend angesehen wird, trifft man sich im Pfarrheim oder Gemeindesaal, wo mit geladenen Gästen zu Mittag gegessen wird. Der Bürgermeister, die Vorsitzenden der örtlichen Vereine, bei denen der Primiziant in der Regel Mitglied ist und der Geehrte selbst halten Reden, Geschenke werden überreicht. Anschließend gibt es Kaffee und Kuchen für die ganze Gemeinde, jetzt ist die Stunde des kirchlichen Frauenbundes gekommen, dessen Mitglieder sich im Eifer für den Dienst an der guten Sache überbieten, denn es muss praktisch der ganze Ort bewirtet werden.

So war es auch in Waidbuch 1975 bei der Primiz von Hochwürden Georg Hornberger, Josef Beierls Onkel, Stolz der Familie und von ganz Waidbuch.

Familie

Auch zum familiären Umfeld des ermordeten Prälaten und zum Prälaten selbst hatte Gerti einiges herausgefunden und die Personen, die ihr in diesem Zusammenhang wichtig erschienen, genauer beschrieben.

Erwin Beierl

Josef Beierls Vater Erwin Beierl ist ein schmächtiger kleiner vorgealterter Mann mit schütterem, früh ergrautem Haar, gelblicher Haut, tiefliegenden wässrig-blauen Augen und großem zerzausten Schnurrbart. Im direkten Gespräch ist es ihm, wie man sich erzählte, fast unmöglich seinem Gegenüber in die Augen zu sehen, dies umso mehr als er auf dem rechten Auge etwas nach außen schielt. Dieser Umstand hatte ihm in seiner Jugend manche Hänselei und manchen Spottnamen eingebracht. In der Öffentlichkeit, insbesondere vermeintlich höhergestellten Personen gegenüber ist er scheu, geradezu devot, zu Hause jedoch führte er ein strenges, um nicht zu sagen tyrannisches Regiment. Körperliche Züchtigungen seiner Frau und der Kinder waren an der Tagesordnung, wenn diese es in seinen Augen verdienten, und das taten sie nur allzu oft, wie allgemein zu hören war.

Das Essen musste täglich pünktlich auf die Minute auf dem Tisch sein, jegliche häusliche Arbeit war Frauensache, Widerrede wurde grundsätzlich nicht geduldet. Alles, jede Handreichung und Tätigkeit wurde äußerst penibel kontrol-

liert, sogar der Verbrauch von Zahnpasta und Toilettenpapier wurde kritisch beäugt und wenn nötig entsprechend mit körperlichem Nachdruck korrigiert. Frau und Kinder gingen ihm daher aus dem Weg, wann immer es ihnen möglich war.

Dabei war er fromm, ja geradezu bigott, dreimal täglich wurde gebetet, keine heilige Messe ausgelassen. In seiner Schusterei, wo er nach der Kirche die meiste Zeit verbrachte, hatte er sich einen kleinen Hausaltar eingerichtet. Dort stand auf einem Holztischchen ein schwarzes schmuckloses Holzkreuz, daneben eine buntbemalte Figur der Mutter Gottes und des Heiligen Josef. Eine Kerze und, wenn es machbar war, ein täglich frisches Blumensträußchen vervollständigten das Ensemble.

Die strikte Einhaltung der kirchlichen Gebote und Ordnungen durch die Mitglieder seiner Familie, die rege Teilnahme am kirchlichen Leben und absoluter Respekt und Gehorsam gegenüber kirchlicher Autorität waren ihm ein Herzensanliegen. Dass ihm schließlich das Mesner-Amt angetragen wurde, erfüllte ihn mit besonderem Stolz und großer Genugtuung.

Dort, in der Pfarrkirche konnte er seine Neigungen ungestört ausleben. Dort war er der uneingeschränkte Herrscher, Ministranten und Putzfrauen fürchteten seinen Zorn. Selbst der Ortspfarrer wagte es nicht, ihm in seinen Bereich hineinzuregieren. Dies verstärkte nur noch seinen Dünkel und seine Aufgeblasenheit gegenüber dem gemeinen Pfarrvolk, was in starkem Kontrast zu seiner speichelleckerischen Unterwürfigkeit bei Amtspersonen und Autoritäten stand.

Wie man hörte, war Josefs Verhältnis zu seinem Vater – wie auch das seiner Geschwister – zunächst von Furcht und *dem unbedingten Willen, ihm zu gefallen, geprägt bevor der Vater zu einem notwendigen Übel wurde, das zwar wie ein körperlicher Makel unvermeidlich vorhanden war, mit dem man sich aber nach und nach abfinden musste, um es schließlich soweit wie möglich aus seinem Leben zu verdrängen. So verschwand der Vater trotz seiner unangenehmen Eigenschaften nach und nach aus der Wahrnehmung seiner Familie wie ein böser Traum, der nach dem Erwachen langsam zu verblassen beginnt, genauso wie Erwin Beierl selbst aus seinem eigenen Leben in den Wahnsinn hinein entschwand, der ihn seit der Trennung von seiner Frau umfängt.*

Gerlinde Beierl geb. Hornberger

Josef Beierls Mutter war das gerade Gegenteil zu ihrem Mann. Sie war, da waren sich alle Befragten einig, von Herzen gut, dazu praktisch veranlagt und hatte ihren Mann nicht im Geringsten verdient. Geboren als sechstes Kind eines Kleinbauern, bei dem Armut und Entbehrung zu Hause waren, war sie heilfroh, als ihr mit siebzehn Jahren der zwar etwas wunderliche, als Kind oft verlachte, zudem schielende zehn Jahre ältere einzige Sohn eines Ackerbürgers, der ein stattliches Haus direkt neben der Kirche erben würde, den Hof machte. Sie sah darin die einzige Möglichkeit der allgegenwärtigen Not, die sie von Kindesbeinen an kennengelernt hatte, zu entkommen. Ihren Mann, so gedachte sie, würde sie schon durch Liebe, Sanftmut und gutes Vorbild zu einem halbwegs verträglichen und wenigstens in groben Zügen liebenswerten Menschen formen können. Darin zumindest hatte sie sich gründlich getäuscht. So widmete sie all ihre Liebe ihren drei Kindern – ihrem Ältesten Josef, den sie besonders liebte, und ihren beiden Töchtern Franziska und Elisabeth.

Sie war eine eher kleingewachsene, rundliche Frau, die sich offenbar trotz des Kummers, der ihr allgegenwärtiger Begleiter war, und trotz der Gewaltexzesse ihres Mannes ein fröhliches, ausgleichendes Gemüt und eine durchaus nicht selbstverständliche innere Ruhe bewahrt hatte. Ihre Wangen waren rosig und die von feinen Lachfältchen umgebenen Augen strahlten eine sanfte Heiterkeit aus. Ihr brünettes Haar hatte sie zu einem Dutt nach hinten gebunden.

Da sie eine zupackende Art hatte und praktisch veranlagt war, hatte sie, wie allgemein zu hören war, die Führung des Haushaltes sowie die Versorgung und die Erziehung der Kinder im Großen und Ganzen ganz ordentlich bewältigt. Diese war allein ihr oblegen, da sie von ihrem Mann in derlei Dingen keinerlei konstruktive Hilfe zu erwarten hatte. Sie war für ihre Kinder in nahezu allen deren Nöten stets ansprechbar gewesen und wurde von ihnen dafür auch innig geliebt, was ihr viele hässliche Szenen ihres darüber eifersüchtigen Mannes eingebracht hatte.

Sie hatte es sich im Laufe der Zeit angewöhnt, ihrem Mann weitestgehend aus dem Wege zu gehen – was nicht weiter schwierig war, da er die meiste Zeit ohnehin in der Kirche oder vor seinem Hausaltar verbrachte – sich mit ihm nur über das Nötigste auszutauschen, seine Gewaltausbrüche wie auch die ehelichen Pflichten als notwendiges Übel hinzunehmen, wie man Regenwetter hinnimmt und ansonsten ihr Leben zu leben, so gut sie eben konnte.

In Glaubensdingen war sie eher pragmatisch, gut katholisch zwar, da sie so erzogen war, jedoch gingen ihr der Fanatismus und die Buchstabengläubigkeit ihres Mannes völlig ab. Ihr Bestreben war es eher, einen gangbaren Kompromiss und eine ausgewogene Balance zwischen den Anforderungen der Kirche und denen des täglichen Lebens, die sich von ersteren oft doch beträchtlich unterschieden, zu finden.

Nichts desto weniger, und da waren sich alle Befragten ausnahmslos einig, war sie außerordentlich stolz, als ihr ältester Bruder Georg ein Theologiestudium aufnahm und schließlich zum Priester geweiht wurde. Sie bewunderte ihn mit glühender Inbrunst, war er doch der erste der Familie, der studiert und es zu etwas gebracht hatte.

Nachdem das Zusammenleben mit ihrem Mann im Laufe der Jahre immer unerträglicher geworden war und sie ihre Töchter versorgt wusste, trennte sich Josefs Mutter schließlich nach langem Ringen von ihm und zog zurück in den Kleinbauernhof, dem sie entstammte. Ihren Lebensunterhalt bestritt sie seit diesem Zeitpunkt bis zu ihrer schweren psychischen Erkrankung als Zugehfrau in Privathaushalten und mit Putzstellen in der örtlichen Metzgerei und Bäckerei. Seit dem Mord an ihrem Bruder befand sie sich in der geschlossenen Abteilung der psychiatrischen Klinik in Wöllershof, wo sie teilnahms- und bewegungslos vor sich hin vegetierte.

Franziska und Elisabeth Beierl

Die älteste Tochter der Beierls, Franziska, die Zweitgeborene, wurde allgemein als ein stilles Mädchen geschildert. Ungewöhnlich sensibel litt sie besonders unter Exzessen des Vaters und hatte sich bereits als Kind weitgehend in sich selbst zurückgezogen. Wie ein Schatten schlich sie durch das Haus, nahezu unsichtbar, sprach nur das Nötigste, dem Vater ging sie gänzlich aus dem Weg.

Sie war ein schmächtiges, blasses Kind gewesen, weder besonders hübsch noch direkt unansehnlich, mit brünettem glatten Haar und großen braunen, immer etwas verwundert in die Welt blickenden Augen. Sie kleidete sich betont unauffällig, als wolle sie den Eindruck des Nichtvorhandenseins noch verstärken.

Dabei war sie intelligent, ihre schulischen Leistungen waren ausgezeichnet, sie zeigte Einfühlungsvermögen und Hilfsbereitschaft Mensch und Tier gegenüber.

So war es nur folgerichtig, dass sie nach dem erfolgreichen Abschluss der Realschule eine Ausbildung als Krankenschwester am Zentralklinikum der nächsten größeren kreisfreien Stadt, welche etwa 50 Kilometer entfernt war, aufnahm und ins dortige Schwesternwohnheim übersiedelte.

Nachdem sie ihr Examen bestanden hatte, fand sie eine Arbeitsstelle an der Universitätsklinik in Regensburg, wo sie immer noch ihren Wohnsitz hat. Geheiratet hat sie nie – derzeit lebt sie mit einer jüngeren Arbeitskollegin zusammen.

Zu ihrer Mutter hatte sie bis zu deren Erkrankung engen Kontakt, desgleichen auch zur jüngeren Schwester – ihren

Vater hat sie seit ihrem Umzug ins Schwesternwohnheim nicht mehr gesehen.

Das ganze Gegenteil zu ihr scheint ihre kleine Schwester Elisabeth gewesen zu sein. Schon als Kind war diese ungewöhnlich lebhaft gewesen und hatte schon immer, auch auf Grund ihres Aussehens und Charakters, eine starke Präsenz gezeigt. Sie trug ungebändigte blonde Locken, das stupsnasige Gesicht war übersät mit Sommersprossen, die blauen Augen hellwach und in andauernder Bewegung. Sie wurde von allen Befragten als ein unruhiger Geist beschrieben, ständig irgendwo im Haus oder draußen unterwegs, kaum zu fassen. Doch wenn sie präsent war, redete sie mit ihrer silberhellen Stimme ununterbrochen, wobei sie, sprunghaft wie sie war, selten bei einem Thema verweilte, was eine Unterhaltung mit ihr sehr anstrengend machen konnte. Hierin waren sich alle Befragten einig.

Daher war es unvermeidlich, dass sie andauernd mit ihrem Vater aneinander geriet, zumal es ihr von früher Kindheit an nicht an Selbstbewusstsein und Widerspruchsgeist mangelte. Väterliche Anordnungen tat sie mit einem Achselzucken ab; war sie anderer Meinung, machte sie das deutlich kund. Die väterliche Autorität wurde von ihr laufend in Frage gestellt.

So kam es, dass sie diejenige von den Kindern war, die besonders unter den väterlichen Strafmaßnahmen zu leiden hatte. Oft musste sie deren Spuren beim Gang in die Schule unter weiten, langärmligen Kleidern verbergen, allzu oft sprachen Schwellungen und Blutergüsse im Gesicht jedoch eine mehr als deutliche Sprache, was von den Lehrern in der

Schule jedoch gerne ignoriert wurde, denn man wollte unter keinen Umständen Schwierigkeiten bekommen, indem man sich in fremder Leute Angelegenheiten einmischte.

Mit sechzehn Jahren warf sie sich dem erstbesten Verehrer an den Hals, einem Taugenichts und Kleinkriminellen, der sie prompt schwängerte und sich, als er davon erfuhr, aus dem Staub machte.

Zu Hause wurde sie von ihrem Vater trotz ihres Zustandes wegen der Schande, die sie über ihr Elternhaus gebracht hatte, derart verprügelt, dass sie mit starken Blutungen ins Klinikum der nächsten Kreisstadt gebracht werden musste, wo man einen Kindstod diagnostizierte und ihr riet, Anzeige gegen ihren Vater zu erstatten. Diesen Rat beherzigte sie denn auch. Dies führte jedoch dazu, dass sie nicht mehr in ihr Zuhause zurückkehren konnte und Zuflucht im Frauenhaus nehmen musste. Ihr Vater war seit diesem Zeitpunkt vorbestraft und hatte eine erkleckliche Summe Geldes als Strafe und darüber hinaus Schmerzensgeld zu zahlen – eine mögliche Gefängnisstrafe wurde zur Bewährung ausgesetzt.

Jedoch, Elisabeth hatte augenscheinlich Glück gehabt und fand schließlich einen anständigen liebevollen Mann, einen Schreiner mit eigenem Betrieb, der sich noch dazu in der Peripherie ihres Heimatortes ansiedelte und ein gutes Auskommen hat. Mittlerweile hat sich Nachwuchs eingestellt, ein kleiner Sohn, nächstes Jahr ist die Hochzeit geplant. Der Kontakt zur Mutter war bis zu deren schwerer Krankheit ausgezeichnet, sie besucht sie auch jetzt noch häufig im Bezirkskrankenhaus, obgleich eine aktive Kontaktaufnahme nicht möglich ist. Der Vater jedoch hat bei Elisabeths Mann Hausverbot. Dieser hat gedroht, er würde ihm den Schädel einschlagen, sollte er es wagen, seinen Fuß über die Schwelle zu setzen.

Die folgenden Recherchen waren kompliziert und aufwendig und führten Gerti bis nach Regensburg, wo sie einen Schulkameraden und späteren Seminarkollegen von Pfarrer Hornberger in der Biergaststätte ›Kneitinger‹ nach mehreren Bockbieren dazu bringen konnte, ihr unter dem Siegel der Verschwiegenheit einige Details zu erzählen, die vorher noch nicht bekannt gewesen waren.

Pfarrer Georg Hornberger

Georg Hornberger, Josef Beierls Patenonkel, der Bruder seiner Mutter, ältester Sohn des Kleinbauern Franz Hornberger war der Stolz und die Hoffnung seiner seit Generationen in Armut lebenden Familie. Schon früh hatten sich seine herausragenden geistigen Anlagen gezeigt, seine Grundschullehrerin riet seinen Eltern dringend, das Kind auf eine weiterführende Schule, am besten auf ein Gymnasium ins nächstgelegene Oberzentrum Weiden zu schicken.

Da die Familie in bescheidenen Verhältnissen lebte und man wie in so vielen gut katholischen Familien mit mehreren Kindern hoffte, dass eines der Kinder – in diesem Fall der kleine Georg – Priester werden könnte, entschloss man sich, ihn am kirchlichen Studienseminar in oben besagter Provinzstadt, welches direkt neben dem Gymnasium lag, anzumelden. Das hatte den Vorteil, dass er in diesem Internat unter der Woche und bei Bedarf auch am Wochenende unter geistlicher Betreuung und Anleitung wohnen und lernen konnte und gleichzeitig – dem Verständnis dieser Einrichtung gemäß – auf einen späteren geistlichen Beruf vorbereitet werden würde. Zudem gab es für ärmere Familien bei Unterbringung im Internat staatliche Zuschüsse, welche die finanzielle Belastung für die Familie in überschaubaren und gerade noch tragbaren Grenzen hielt. So siedelte Georg mit Beginn der 5. Klasse ins bischöfliche Seminar über, wo er sich mit zwei weiteren Mitschülern eine Stube teilte.

Georg war schon von klein auf von untersetzter Statur, etwas zur Dicklichkeit neigend, eher unsportlich. Dafür hatte er aber einen wachen Geist, eine schnelle Auffassungsgabe und ein wahrlich großes rhetorisches Talent, welches ihm später als Schülersprecher, als Sprecher seines Priesterseminarjahrgangs und als Prediger sehr von Nutzen sein sollte. Er hatte kurzes dunkelbraunes, fast schwarzes Haar, kleine dunkle Augen in einem freundlichen Gesicht und eine angenehme weiche Stimme.

Seine Religiosität war eher pragmatisch, oft Mittel zum Zweck, er verstand es, auch Inhalte und Lehrmeinungen, hinter denen er nicht unbedingt stand, mit Nachdruck und Überzeugung zu vertreten. Im Laufe der Jahre hatte er sich einen virtuosen Umgang mit der Klaviatur seines Berufes angewöhnt, wobei durchaus gegenteilige frühere Einstellungen und Überzeugungen in dem, was er gleichsam von Berufs wegen vertreten musste, mehr und mehr aufgingen, so dass er oft selbst nicht mehr so genau hätte sagen können, was seine eigene innerste Überzeugung war und was beruflicher Notwendigkeit geschuldet.

An Mädchen und Frauen hatte er kein besonderes Interesse. Schon vor Beginn der Pubertät in rein männliches Umfeld verpflanzt, war der Kontakt mit dem weiblichen Geschlecht auf ein Minimum reduziert, was von Seiten des bischöflichen Seminars durchaus auch so gewollt war. Die Seminaristen bildeten eine eigene Klassengemeinschaft, die nicht wie die anderen Klassen des Gymnasiums gemischtgeschlechtlich war. Man blieb unter sich. Auch die Teilnahme am Tanzkurs in der zehnten Klasse war nicht gestattet. Alle Betreuer und Präfekten waren Männer, Kleriker, die zudem auch den Religionsunterricht am Gymnasium übernahmen.

So kam es, dass sich bei einigen Seminaristen mit Beginn der Pubertät eine Präferenz für das eigene Geschlecht entwickeln konnte. Gefördert wurde dies zudem durch das Verhalten eines Präfekten, der jede sich bietende Gelegenheit dazu nutzte, gewisse Adepten, von denen er annahm, sie würden sich nicht wehren, wie beiläufig am Geschlecht zu berühren. Aus Scham und Unwissenheit sprach man zwar nicht darüber, die Neugierde war aber bei einigen geweckt und man probierte in der Abgeschlossenheit der Stube aus, worauf man durch den Präfekten erst aufmerksam gemacht worden war.

Nach Aussage des von mir befragten ehemaligen Mitschülers war Georg Hornberger einer von ihnen. Bald nach seinem 15. Geburtstag war er eine intime Beziehung zu einem Zimmergenossen eingegangen. Man befriedigte sich gegenseitig und genoss die körperliche Nähe und das tiefe Geheimnis, das beide miteinander verband. Ihre Klassenkameraden bekamen davon wenig mit, bis auf ein paar Eingeweihte zu denen der Mitschüler gehörte, es wurde zwar gelegentlich auf den Fluren darüber gemunkelt, dass sie ungewöhnlich eng miteinander befreundet seien, aber so genau wollte es eigentlich niemand wissen und so verliefen sich die Gerüchte mit der Zeit auch wieder.

Ihre Beziehung dauerte drei Jahre bis zum Unfalltod des Mitschülers kurz vor dem Abitur. Georg wurde durch dieses Ereignis in eine schwere existentielle Krise gestürzt, er erwog sogar kurzfristig, seinem Leben ein Ende zu setzen, wie er meinem Informanten anvertraut hatte. Er überwand diese Phase schließlich dadurch, dass er sich wie ein Besessener auf die Abiturvorbereitungen und anschließend auf sein Theologiestudium stürzte. Eine sexuelle Beziehung war er in all der Zeit bis zum Ende seines Studiums nicht mehr eingegangen.

Das Theologiestudium und die Ausbildung zum Priester im Priesterseminar in Regensburg hatte er in Rekordzeit hinter sich gebracht. Er war bekannt und schon als Student gerühmt für seine rhetorischen Gaben und wurde in der Predigtausbildung seinen Kommilitonen als leuchtendes Beispiel vorgestellt. Bei seinen Probepredigten fanden sich sogar altgediente Präfekten und Professoren ein, um seinen Ausführungen zu lauschen. Ihm wurde eine leuchtende Karriere in der Kirche prophezeit.

1975 war sein großes Jahr, das Jahr in dem er zum Priester geweiht werden sollte, das Jahr in dem sein Heimatort Waidbuch die erste Primiz seit achtzig Jahren feiern sollte, ein Volksfest, wie es dieser kleine Ort noch nie gesehen hatte und so schnell auch nicht wieder sehen würde. Ein Jahr, das in die Annalen des Ortes eingehen sollte, ein Jahr, ab dem man vor seinen Eltern, den armen Kleinbauern, ehrfürchtig den Hut ziehen würde.

Sein weiteres Leben im Dienst der Kirche durchlief geradlinig die üblichen Stationen vom Kaplan in einer kleinen Bayerwaldpfarrei über eine mittlere Pfarrstelle in einer niederbayerischen Kreisstadt bis er Pfarrer in einer großen Pfarrei der Bezirkshauptstadt wurde. Schließlich wurde er ins Domkapitel in Regensburg gewählt und verbrachte die letzten Jahre vor seinem Tod als Domprediger, wobei er sich ob seiner Predigten großer Beliebtheit und starken Zuspruchs erfreute.

Mittlerweile hatte er auch wieder sporadische sexuelle Kontakte aufgenommen, teils zu Priesterseminaristen, die dieselbe sexuelle Orientierung verspürten wie er, teils nahm er auch die Dienste von Strichjungen in Anspruch, die er bevorzugt im Umfeld des Hauptbahnhofs der Landeshauptstadt München auflas, wohin er sich von Zeit zu Zeit zwecks dieser Vergnügungen für ein paar Tage inkognito begab, wie sein ehemaliger Mitschüler und Weggefährte zu berichten wusste. Dabei bevorzugte er vornehmlich möglichst junge Sexualpartner, da er sich zu diesen am ehesten hingezogen fühlte. Eine feste Beziehung war er seit dem Tod seines ersten Freundes nicht mehr eingegangen.

Mehr war über ihn nicht in Erfahrung zu bringen, doch Gerti Zimmermann war mit ihren Recherchen höchst zufrieden, hatte sie doch mehr über Georg Hornberger herausgefunden als Kommissar Lederer von der Kriminalpolizei ihrer Meinung nach je herausfinden würde.

Josef Beierl

Im Jahr eins nach der Eheschließung seiner Mutter Gerlinde mit dem Schuster Erwin Beierl, im Jahr 13 nach der denkwürdigen Primiz seines Onkels wurde Josef Beierl zu einer Zeit geboren, da seine Mutter noch auf ein Gelingen ihrer Ehe hoffte. Josef war zunächst ein immer kränkliches, in den ersten Lebensmonaten äußerst unruhiges, oft schreiendes, selten zu beruhigendes Kind. Da der Vater nichts mit ihm anzufangen wusste, war er sehr auf seine Mutter fixiert und wurde auch umgekehrt zu deren unausgesprochenem Liebling. Er hing, so erzählte man im Ort, beständig an deren Rockzipfel, wagte sich selten allein außer Haus, hatte wenige Freunde und spielte oft allein und in sich versunken mit seinen Spielzeugautos oder dem Lieblingsstoffhund Zilla.

Zu seinem Taufpaten war sein Onkel Georg, der Priester, erkoren worden, der dieses Amt gerne annahm und zu seinem Patenkind eine herzliche und vertrauensvolle Beziehung aufbaute. Er besuchte sein Patenkind und dessen Familie sooft es seine Aufgaben als Pfarrer zuließen.

Josef war im Kindesalter von eher zierlicher Gestalt. Er hatte eine blässliche Gesichtsfarbe, strohblonde Haare, eine leicht gebogene Nase, einen schmalen Mund und alte wissende Augen. Er war nach der ersten Schreiphase später ein stilles Kind, hatte auch erst spät zu sprechen begonnen Seine Stimme war leise, die Aussprache verwaschen und etwas nuschelig. Seine Bewegungen waren unsicher, oft vorsichtig tastend. Wenn es in der Familie Streit gab, zog er den Kopf ein und verkroch sich in eine stille Ecke des Hauses.

Den Kindergarten mochte er nicht besuchen Er sperrte sich mit Händen und Füßen und unter lautem Geschrei dagegen, so dass seine Mutter ihre diesbezüglichen Bemühungen schließlich aufgab und er die Vorschulzeit zu Hause verbringen durfte.

In der Grundschulzeit wurde es etwas besser mit ihm. Er fand in seinem Klassenkameraden Wolfgang Bernreiter einen guten und verlässlichen Freund, mit dem er viele gemeinsame Kindheitsabenteuer bestand und schöne Erlebnisse hatte, blieb jedoch insgesamt ein eher schüchternes, zurückhaltendes Kind. Auf Grund seiner schulischen Leistungen wäre ein Übertritt an die Realschule möglich gewesen, da er jedoch einen Handwerksberuf erlernen wollte, entschied man sich auch auf Anraten der Schule dafür, dass er die Hauptschule besuchen sollte und dort seinen Abschluss zu machen.

Bevor es jedoch soweit kommen sollte, wurde sein Leben im vierzehnten Jahr offenbar durch irgendein Ereignis in seinen Grundfesten erschüttert und er war auf Nimmerwiedersehen aus Waidbuch und dem Schoß seiner Familie verschwunden.

Wolfgang Bernreiter

Wolfgang Bernreiter war Josefs bester und wohl auch einziger Freund gewesen. Sie waren lange Jahre hindurch während der Grund- und Hauptschulzeit die engsten Freunde – fast wie Zwillinge, wie es hieß. Erst im letzten Jahr vor Josefs Verschwinden hatte sich die Beziehung deutlich abgekühlt, wobei Wolfgang lange Jahre nicht gewusst hatte, warum.

Bei Gertis Besuch bei ihm, der jetzt im Nachbarort von Waidbuch verheiratet war, hatte besagter Wolfgang Bernreiter ihr dann erzählt, dass er erst seit zwei Wochen wüsste, was der Grund dafür gewesen sei, denn da wäre Josef plötzlich wie aus heiterem Himmel bei ihm aufgetaucht. Nein, reden wolle er nicht darüber, aber er könne ihr eine Art Tagebuch geben, das er am Tag nach der Ermordung des Prälaten zusammen mit einem Brief von Josef in seinem Briefkasten gefunden habe. Er würde sich um Josef große Sorgen machen, da er seitdem nichts mehr von ihm gehört habe. Da er ihr mehr vertrauen würde als der Polizei bekäme sie das Büchlein und den Brief jetzt mit der Bitte, die Sache vertraulich zu behandeln. Zudem hätte ihm der Brief Angst gemacht. Er fürchte, Josef habe sich etwas angetan. Er hielt ihn Gerti unter die Nase.

Lieber Wolfgang,

ich vertraue Dir meine Aufzeichnungen an, da Du der einzige Mensch bist, den ich noch habe. Ich habe darin die Geschichten meines Lebens aufgeschrieben, so wie sie mir eingefallen sind. Verzeih mir, dass ich mich nicht mehr bei Dir melden werde. Ich bitte Dich nur eins: Lies meine Aufzeichnungen erst, wenn meine Mutter nicht mehr unter Euch weilt, oder Du Dir sicher sein kannst, dass sie ihr nicht mehr schaden können.

*In freundschaftlicher Liebe
Dein Josef*

Da Josefs Mutter, wie Gerti wusste, sich in unverändert weder zurechnungsfähigem noch irgendwie zugänglichem Zustand befand, hielt sie es für angemessen, trotzdem den Umschlag zu öffnen, ging es doch um einen Menschen, der sich eventuell in Gefahr befand und dem man möglicherweise durch die darin enthaltenen Informationen würde helfen können. In dem zugeklebten Umschlag befand sich ein Paperblanks-Büchlein, welches von der ersten bis zur letzten Seite eng beschrieben war.

VITA JOSEPHI

Als Gerti Zimmermann am Abend nach der Übergabe des Büchleins wieder zuhause war, goss sie sich ein Glas Rotwein ein, lümmelte sich auf die Wohnzimmercouch, nahm das Paperblanks in die Hand und begann in gespannter Erwartung darin zu lesen.

Prag im Juni 2010.

Ich Josef Beierl sitze jetzt in meinem 23. Lebensjahr in Prag in meinem Zimmer im Kloster, zu dem die Kirche Maria vom Siege gehört, und habe beschlossen, mein Leben in dieses kleine Büchlein zu schreiben. Momentan gibt es im Kloster nicht viel zu tun, alles ist frühsommerlich ruhig und auch die Obdachlosen bedürfen meiner Hilfe nicht, so dass ich jetzt genügend Ruhe und Muße habe, meine Erinnerungen auf zuschreiben, so wie sie mir gerade einfallen. Ich werde mich bemühen, das Ganze in eine gewisse Ordnung zu bringen, habe mein Leben in drei Abschnitte gegliedert und werde mit meiner Kindheit und Jugend und der Familie beginnen.

Kindheit und Jugend

In einem ersten Bild sehe ich mich als kleinen Jungen auf dem Schoß meiner Mutter sitzen, Blut troff ihr aus der Nase, während sie mir mit einem kleinen Löffelchen, dessen Stiel ein buntes Bild schmückte (welches ist mir nicht mehr erinnerlich) meinen Brei, es war Fruchtbrei, in den Mund schob.

Vorher hatte es eine schlimme Szene gegeben, deren Auslöser ich nicht so recht verstanden hatte. Mutter war in der Küche gestanden und hatte noch gekocht, während der Vater die Stube betrat, stutzte und mit lautem Geschrei auf seinen noch leeren Platz deutete. Eilends hatte die Mutter daraufhin einen Teller mit Suppe herbeigetragen, den ihr der Vater jedoch aus der Hand riss und gegen die Wand warf. Anschließend schlug er ihr mit dem Handrücken ins Gesicht und verließ die Stube, nicht ohne die Türe so heftig zuzuschlagen, dass der ganze Raum erzitterte. Schluchzend und mit blutender Nase wischte Mutter danach den Boden auf, bevor sie mich zu füttern begann und mich tröstete, denn bei alldem hatte ich verzweifelte Angst bekommen und bitterlich angefangen zu weinen. Meine kleine Schwester Franziska, die seit wenigen Tagen wie vom Himmel gefallen war – Mutter war mit dickem Bauch ein paar Tage fortgegangen und hatte dann ohne Bauch Franziska mitgebracht, ich war derweilen bei Oma gewesen, was schön war – lag derweil friedlich schlummernd auf dem Kanapee, sie hatte vorher an Mutters Brust trinken dürfen.

Im Übrigen die Schwestern: Es reichte nicht, dass plötzlich ein zusätzliches Kind mit im Haus wohnte, welches mit ständigem Geschrei die ganze Aufmerksamkeit der Mutter auf sich zog, an ihrer Brust trinken wollte und andauernd in die Hosen machte, die dann wieder saubergemacht werden mussten – das hätte ich mir einmal erlauben sollen, Vater hätte mir bestimmt den Hintern versohlt – nein, nach nur kurzer Zeit hatte Mutter wieder einen dicken Bauch bekommen, war ein zweites Mal gegangen und mit einem weiteren schreienden und in die Hose machenden Kind, welches Elisabeth hieß, zurückgekommen – die Zeit bei Oma war erneut sehr erholsam, auch wenn die Franzi mit dabei war –, wodurch sie weniger Zeit für mich, Josef, ihren Großen, hatte.

Eine Zeitlang war ich richtig sauer gewesen, wollte mit meiner Mutter nichts mehr zu tun haben und hatte mich in meine Schmollecke auf dem Dachboden zurückgezogen. Nachdem ich aber gesehen hatte, dass sich Mutter trotz all der Arbeit und dem Gewese mit den Schwestern um mich bemühte, hatte ich ihr schnell verziehen und beschlossen, ihr bei der Versorgung der kleinen Schwestern zu helfen – was erstaunlicherweise die Zeit, die ich mit Mutter verbringen konnte, deutlich verlängert hatte.

So hatte ich meine Schwestern wider Erwarten doch nach und nach lieb gewonnen, vor allem die kleine, die Elisabeth, die ständig mit Vater Streit hatte und sich bei der kleinsten Gelegenheit Ohrfeigen einfing, wenn ihr nicht gar der Hintern versohlt wurde, manchmal sogar mit dem Koch-

löffel. *Ich hatte ihr deshalb gnädiger Weise mein geheimes Lieblingsversteck auf dem Dachboden gezeigt, welches sie – wenn es besonders schlimm kam – gerne benutzen durfte. Manchmal hatte ich, da sie mir Leid tat, sogar freiwillig die Schuld auf mich genommen, wenn sie etwas angestellt hatte, damit sie nicht dauernd allen väterlichen Zorn abbekam. Das hatte ich natürlich niemandem verraten.*

Die Franziska, die mochte ich auch, mit der war es aber schwieriger. Die war oft stundenlang nirgends im Haus zu finden, war dann plötzlich da, dann wieder weg, ohne dass ich mitbekommen hätte, wo sie abgeblieben war. Manchmal musste ich bei ihr an das kleine Gespenst aus dem Buch denken. Sie war aber keins, denn man konnte sie in den Arm zwicken. Mit Vater hatte Franzi keinen Ärger, denn wenn er da war, war sie weg, sie stellte auch ganz wenig an und sprach kaum, außer mit Mutter – und das auch nur, wenn sie beide allein waren. Ich hatte sie immer dafür bewundert, wie unsichtbar sie sich machen konnte, war aber nie dahinter gekommen, wie sie das anstellte. Wie gerne hätte ich das auch gekonnt.

Großeltern hatte ich auch, wobei, so ganz stimmte das nicht, ich hatte nur die Hälfte davon, denn die Eltern meines Vaters hatte ich nicht mehr kennengelernt. Die Oma war schon vor meiner Geburt gestorben gewesen, der Opa als ich ein Jahr alt war. An den konnte ich mich natürlich nicht mehr erinnern.

Dafür lebten die Eltern meiner Mutter noch, Oma Erika und Opa Franz, und die waren das Allerbeste, was mir hatte passieren können. Sie waren zwar arm, das merkte man ihnen auch an – sie hatten zum Beispiel keinen Fernseher, nur ein Radio, das immer Volksmusik spielte und einfache alte Möbel – waren aber sehr nett und hatten einen erstklassigen kleinen Bauernhof, wo man wunderbar herumstöbern konnte. Ich erinnere mich an Tage, an denen wir zu dritt auf dem Heuboden herumturnten, uns in riesige Heuhaufen plumpsen ließen, den würzigen Duft des Heus einatmeten, danach in den Kuhstall gingen, wo drei Kühe und ein Kalb standen und uns die Hände ablecken ließen. Die Zungen der Kühe waren so wunderbar rau gewesen.

Dann gab es noch einen Ziegenbock, von dem keiner wusste, wozu er eigentlich gut war, außer dass er, wenn er übermütig wurde, sich einen Spaß daraus machte, mit Anlauf uns Kinder umzurennen, so dass man dem lieber aus dem Weg ging. Hühner und ein paar Gänse waren auch noch da. Letztere verschwanden jedoch immer um die Weihnachtszeit, gerade dann, wenn sie am dicksten waren – wohin merkte man spätestens, wenn man zum Weihnachtsessen bei Oma und Opa eingeladen war. Mit den kuscheligen Stallhasen war es ähnlich, diese verreisten allerdings meistens irgendwann im Sommer zu ihren Verwandten und ließen neue kleine Hasen als Ersatz zurück.

Die Oma konnte wunderbare Zuckerkuchen backen. Hefeteig, auf großen Blechen mit Quarkmasse, mit Zucker und Zimt bestreut. Da saßen wir dann um den großen groben Holztisch, tranken selbst gepflückten Pfefferminztee und der Opa rauchte dazu eine Pfeife. Die Oma hatte meistens eine Schürze mit hellblauen Blumen an und einen Dutt wie die Mama, aber ganz weiß. Meistens hatte sie lustige rote Bäckchen – außer sie war krank – und viele kleine Falten um die Augen. Der Opa hatte auch viele Falten und war fast nie krank. Er hatte an den Armen dicke Muskeln weil er in seinem Leben viel hatte arbeiten müssen Die bewunderten ich und meine Schwestern sehr, denn unser Vater hatte dünne Ärmchen. Oma und Opa wohnten ›in Ausnahme‹, wie es hieß, aber was daran eine Ausnahme sein sollte, konnten wir Kinder nicht erkennen, denn sie waren fast immer da.

Unseren Onkel Alois, den zweitältesten Bruder unserer Mutter, der nicht verheiratet war, welchem der Bauernhof eigentlich schon überschrieben war, sahen wir selten. Meistens war er mit seinem Traktor auf irgendeinem Feld unterwegs, wo er pflügte, eggte, irgendetwas säte oder erntete. Er hatte Muskeln wie der Opa, aber eine rote Nase, von der die Oma sagte, sie käme vom Bier.

Einmal jedes Jahr waren wir mit ihm und Oma und Opa beim Kartoffelgraben. Das ging so: Der Onkel Alois hatte einen Kartoffel-Ernter, den er hinten an seinen Traktor hängte. Damit erntete er den größten Teil der Kartoffeln, ein Teil blieb jedoch im Boden, die mussten noch mit der Hand aufgelesen werden, denn es wäre schade, meinte der Opa, wenn sie auf dem Feld verfaulten. Das war dann unsere Aufgabe. Zu fünft, wir drei und Oma und Opa, gingen wir dann in einer Kette die Reihen ab, immer fünf Reihen auf einmal und sammelten die Kartoffeln in große Eimer. Die schütteten wir dann, wenn die Eimer voll waren in den Hänger, den Onkel Alois am Feldrand hatte stehen lassen. Am Abend gab es dann ein großes Kartoffelfeuer. Das Kartoffelkraut wurde mit ein paar trockenen Holzstecken aus dem angrenzenden Wald zu einem großen Haufen aufgetürmt, angezündet und wenn es eine gute Glut gab, wurden dort hinein dann Kartoffeln geworfen. Das wärmte wunderbar und duftete unvergleichlich und nach einiger Zeit waren die Kartoffeln fertig. Wenn man die schwarze Kruste von den heißen Kartoffeln abgeschält hatte, waren sie innen ganz gelb und weich und schmeckten köstlich. Hinterher waren die Hände und das Gesicht dann ganz schwarz vom Ruß, aber das machte gar nichts. Manchmal bekamen wir von unserem Onkel Alois sogar einen Schluck Bier dazu, aber nur wenig, denn wir wollten keine roten Nasen bekommen. Wenn ich an Herbst denke, habe ich seitdem den Geruch der Kartoffelfeuer in der Nase.

Ein andermal, erinnere ich mich, waren wir mit Opa Schwammerl suchen. Schwammerl sind das, wozu die norddeutschen Feriengäste, die sich manchmal ins Dorf verirrten, Pilze sagten. Es war Herbst, das Laub hatte sich schon verfärbt, die Sonne schien von einem Himmel wie aus hellblauem Glas, im Wald duftete es wunderbar nach Feuchtigkeit und einem feinen Moder. Opa war ein wahrer Experte, er konnte jedes Schwammerl benennen, wusste ob essbar oder nicht und kannte die besten Fundplätze.

Elisabeth kam ständig mit irgendeinem Giftpilz angelaufen, den sie Opa als essbar andrehen wollte, den dieser aber allzu oft wieder wegwerfen musste. Sie wurde darüber ganz grantig, aber nur solange, bis sie einen wunderbaren großen Steinpilz fand, den sie dann jedem unter die Nase hielt, dem wir unterwegs begegneten.

Dabei fanden wir dann mit einem Male die Kreuzotter. Sie lag zusammengeringelt in der Sonne auf einem Stein zwischen Heidekraut und hatte uns offenbar kommen hören, denn sie hatte ihren Kopf aufgerichtet und züngelte. Man sah ganz deutlich das dunkle Zickzackband auf ihrem

Rücken. Natürlich schauten wir ihr zuerst auf den Kopf, denn Oma hatte einmal erzählt, es gäbe einen Schlangenkönig, der hätte eine goldene Krone auf dem Kopf und würde einen Schatz bewachen. Man müsste den Schlangenkönig nur vertreiben und dann unter seinem Ruheplatz nachsehen, dann wäre man reich und bräuchte sein Leben lang nicht mehr zu arbeiten. Aber leider, es war nur eine Otter aus dem Gefolge, trotzdem suchte sich der Opa einen Stecken mit einer kleinen Gabel wie ein Y vorne dran und klemmte damit den Kopf der Schlange am Waldboden fest, packte sie dann mit der Hand direkt hinterm Kopf und schleuderte sie weit weg. Das war der Tag, an dem aus Opa ein Held wurde. Vorsichtshalber hatten wir anschließend noch den Ruheplatz der Otter genauer untersucht, aber nicht die kleinste Münze gefunden.

Am Schönsten waren die Familienfeiern bei Oma und Opa. Ich sehe mich auf einer Feier – war es Weihnachten? – es hatte geschneit, der Schnee lag einen halben Meter hoch und glitzerte, eine kalte Sonne stand an einem winterblauen Himmel. Die ganze Familie hatte sich versammelt, die anderen Geschwister unserer Mutter waren mit ihren Familien gekommen, auch mein Pate, der Pfarreronkel. Wir selbst waren zu Fuß durch den Schnee zum Bauernhof hinaus gestapft. Es waren viele Kinder da, wir waren insgesamt 12 Cousins und Cousinen. Aus dem Ofen duftete eine Gans, der Opa hatte eine Unmenge Kartoffeln gerieben, aus denen Berge von Knödeln hergestellt wurden, die in von heißem Wasser dampfenden Töpfen gegart wurden. Mama und eine Tante brieten in mehreren Pfannen Schnitzel, da wir Kinder keine Gans essen wollten, denn wir kannten sie noch aus einer Zeit, als sie lebendig auf dem Hof von Oma und Opa herum gewatschelt war.

Vor dem Essen musste der Pfarreronkel wie immer ein längeres Gebet sprechen, bei dem wir Kinder mit zunehmender Unruhe auf die Schnitzel starrten, die vor unseren Augen kalt wurden, während die Tanten und Onkel sich bemühten, fromm auszusehen und lediglich mein Vater mit echter Inbrunst stumm die Lippen beim Gebet mit bewegte. Wenn er doch auch sonst so heilig gewesen wäre!

Nach dem Essen durften wir Kinder hinaus in den Schnee, wir errichteten flugs mehrere Schneeburgen, von denen aus sich die schnell ausgelosten feindlichen Lager mit Schneebällen bekriegten. Nach dem Ende der Schlacht wurden aus den Munitions- und Burgresten noch Schneemänner und -frauen gebaut bevor wir uns auf den Heuboden ins warme Heu zurückzogen, wo die kriegerischen Auseinandersetzungen mit Heu und Stroh fortgesetzt wurden.

Die Erwachsenen indes hatten es sich mit Kaffee, Kuchen und Torten gemütlich gemacht – jede Tante hatte mindestens einen Kuchen oder eine Torte mitgebracht – lediglich mein Vater hatte dringend in der Kirche zu tun und sich gleich nach dem Essen entschuldigt, wobei aber auch niemand versucht hatte, ihn umzustimmen. Nach dem Kaffee stellte Opa seine diesjährige selbstgemachte Frucht- und Kräuterlikörkollektion vor. Ab diesem Zeitpunkt wurden die Erwachsenen, insbesondere die Männer aus unerfindlichen Gründen immer lustiger, ihre Stimmen immer lauter, allerdings auch schwerer verständlich und die Nase von Onkel Alois immer roter.

Schließlich fingen sie an, lautstark über Politik zu diskutieren bis die Köpfe der Onkel ganz dick wurden und ihnen Schweißperlen auf der Stirn standen.

Dies war üblicherweise der Zeitpunkt an dem die Tanten sagten, es sei jetzt genug, uns mit Heu und Stroh bedeckten Kinder einsammelten und alle sich wieder in verschiedene Richtungen auf den Heimweg machten, wobei die Familien vorher noch von der Oma mit den übrig gebliebenen Kuchen und Torten reichlich versorgt worden waren.

Bei denen, die mit dem Auto gekommen waren fuhren seltsamerweise jetzt die Frauen, wogegen bei der Herfahrt ausschließlich die Männer am Steuer gesessen waren.

Dann sehe ich mich in der Grundschule sitzen, neben mir mein bester Freund Wolfgang. Es war ein schwüler Sommertag, man spürte förmlich in jeder Pore, dass es noch Gewitter geben würde. Der Unterricht bei Fräulein Winter, unserer Lehrerin, zog sich wie der Kaugummi, den ich gerade eben erst unter die Bank geklebt hatte.

In diesem Moment erblickten wir beide gleichzeitig die Maus. Unsicher tastend schob sich hinter dem Papierkorb, dort, wo der Kartenständer stand, zuerst eine kleine Schnauze mit zitternden Barthaaren, dann der graubraune Kopf mit den blanken schwarzen Knopfäuglein hervor. Unschlüssig blieb die Maus dann zunächst reglos sitzen, da sie offenbar nicht wusste, ob ihr von Fräulein Winter, die ihr den Rücken zukehrte, Gefahr drohen würde. Da dies offensichtlich nicht der Fall war, wurde sie nach quälend langen Minuten mutiger und kroch ganz hinter dem Papierkorb hervor. Sich mit ihrem Köpfchen und den Barthaaren immer in alle Richtungen absichernd, bewegte sie sich langsam aber unaufhaltsam aus dem Hinterhalt Richtung Lehrerpult genau auf die feinbestrumpften, besandalten Füße von Fräulein Winter zu.

Mittlerweile hatte der Rest der Klasse das Spektakel ebenfalls mitbekommen, mucksmäuschenstill starrten alle auf den Boden unter das Pult, dort wo die Füße der Lehrerin sich befanden, die gerade vorsichtig inspiziert und beschnuppert wurden.

»Josef, was ist denn los, was starrt ihr denn alle auf den Boden?«, Fräulein Winters unwirsche Stimme riss uns alle abrupt aus unserer kontemplativen Versenkung.

»Äh, d-da unten, bei ihren F-Füßen, ei-eine Maus.«

Mit undefinierbarem Quietschen sprang Fräulein Winter, der wir so viel Gelenkigkeit gar nicht zugetraut hatten, in einer einzigen eleganten Bewegung auf den Stuhl, von dort auf das Pult, wo sie zitternd mit verschränkten Füßen und sich ringenden Händen stand und jämmerlich »Macht das da weg!« rief.

›Das da‹ hatte allerdings bereits den Rückzug angetreten und war behände wieder hinter den Papierkorb gehuscht, wo es zitternd seine Nemesis erwartete. Soweit kam es aber dann doch nicht, denn Wolfgang hatte geistesgegenwärtig die Klassenzimmertür geöffnet und die Maus war sichtlich erleichtert in den Flur, von da durch die wegen der Hitze geöffnete Schulhaustüre ins Freie und dort flugs in den Schulgarten gehuscht, wo sie nicht mehr gesehen wurde. Den Rest des Tages hatten wir dann schulfrei, weil Fräulein Winter plötzlich krank geworden war, wie es hieß.

Dies war auch der Tag, an dem ein junger Mann aus dem Dorf bei der Feldarbeit vom Blitz erschlagen wurde.

Das Gewitter hatte sich schon den ganzen Tag durch drückende Schwüle angekündigt. Manche Bauern hatten ihr Heu noch nicht eingebracht und beeilten sich daher, dies noch vor den angekündigten Unwettern zu erledigen. Auch unser Nachbar war mit seinen beiden Söhnen auf dem Feld, um wenigstens noch einen Teil der Heuernte in die Scheuer zu fahren. Im Osten über den gen Tschechien gelegenen Hügeln hatten sich bereits gewaltige Wolkentürme breit gemacht, fernes Donnergrummeln kündigte das Gewitter an. Man ging allgemein davon aus, dass es noch etwa eine halbe bis eine Stunde dauern würde, bis man die Feldarbeiten würde beenden müssen, als ein gewaltiger Schlag den Ort erschütterte und das Unwetter mit Macht losbrach.

Wie ein Lauffeuer verbreitete sich am Tag darauf in Waidbuch die Nachricht, dass der junge Huberbauer vom Blitz erschlagen worden sei und jetzt am Friedhof im Leichenhaus, wie die Aufbahrungshalle hier zu Lande heißt, aufgebahrt wäre. Dazu muss man wissen, dass es in gewissen Gegenden noch lange üblich war, Verstorbene offen aufzubahren, damit Verwandte und Bekannte noch einen letzten Abschiedsblick auf den Toten werfen konnten.

Das war natürlich die Sensation, einen vom Blitz Erschlagenen hatten weder ich noch mein Freund Wolfgang jemals zu Gesicht bekommen, so dass wir uns nach der Schule mit wohligem Schauder auf den Weg zum Friedhof machten. Dort lag er nun, der junge Huber, in weißen Laken, im offenen Sarg, nur sein Gesicht war zu sehen. Dieses war bläulich verfärbt, die einen kleinen Spalt offenen Augen, die weißlich waren, wie die eines gekochten Fisches, waren von rötlichen Ringen umgeben und um den Mund hatten sich weißlich durchscheinende Schaumblasen gebildet.

Man kann sich nicht vorstellen, was für ein schauerlicher Anblick das gewesen ist. So schnell wir konnten, als wären hundert Teufel hinter uns her, rannten mein Freund und ich davon wie die Hasen und verkrochen uns den Rest des Tages im Heuschober von meinem Großvater. Das Leichenhaus haben wir die nächsten Jahre nie mehr wieder betreten, unser dies bezüglicher Bedarf war ein für alle Mal gedeckt.

Eine weitere Episode aus meiner Schulzeit kommt mir da noch in den Sinn.

Es war bereits in der Hauptschule im nächstgrößeren Nachbarort, sechste Klasse, wir hatten gerade Mathematik bei Herrn Steiner gehabt, die Glocke läutete nach endlosen fünfundvierzig Minuten zur großen Pause. Wolfgang, der mit mir auf die Hauptschule gewechselt war und ich liefen so schnell wir konnten die große Treppe vom ersten Stock, wo sich unser Klassenzimmer befand, hinunter zur Pausenhalle, als mitten auf der Treppe Wolfgang plötzlich zusammenbrach, kreidebleich im Gesicht wurde und am ganzen Körper zu zucken anfing. Nach einer ersten Schrecksekunde packte ich ihn sofort unter den Armen und schleppte ihn mit letzter Kraft – ich war zu diesem Zeitpunkt noch recht schmächtig – ins Rektorat, wo die Sekretärin sofort den Notarzt verständigte. Dieser kam auch innerhalb weniger Minuten und nicht nur das, er brachte auch einen Hubschrauber mit, der mit großem Spektakel auf dem Sportplatz landete. Heraus sprangen ein Arzt und mehrere Sanitäter, die Wolfgang unverzüglich auf eine Bahre schnallten und in den Hubschrauber verfrachteten und ehe ich wieder zur Besinnung kam, war der Hubschrauber mit meinem Freund schon knatternd davongeflogen.

Viele Wochen später erst kam Wolfgang wieder in die Schule und präsentierte stolz auf dem Kopf eine lange Narbe, für die wir Mitschüler ihn glühend beneideten. Er sei in einer Universitätsklinik gewesen, dort hätte man seinen Kopf aufgesägt, weil darin ein Blutgefäß geplatzt sei, das hätte man flicken müssen und wenn ich nicht gewesen wäre, würde er jetzt nicht mehr leben. Seitdem waren wir unzertrennlich, bis das mit meinem Onkel passierte.

Gerti Zimmermann war eigenartig berührt von den Aufzeichnungen des jungen Mannes. Aus dem Büchlein sprach zu ihr ein einfacher, doch sensibler Mensch mit einem Auge für die Besonderheiten und Schönheiten des Lebens. Sie konnte es nicht erwarten mit der Lektüre fortzufahren.

Vater

Zu meinem Vater habe ich nur unzusammenhängende Erinnerungsfetzen vor Augen. Mal sehe ich ihn, wie er die Mutter schlägt, mal die Elisabeth. Dann kniet er in seiner Schusterei vor dem Hausaltar ins Gebet versunken. Die Arme hat er dabei auf dem Tischchen aufgestützt, das Gesicht in den Händen vergraben, dazu murmelt er halblaute Gebete vor sich hin. In diesen Situationen war es besser, ihn nicht zu stören.

Einmal kamen Franzi und ich früher von der Schule nach Hause, es hatte hitzefrei gegeben. Nachdem wir die Haustüre aufgeschlossen hatten, hörten wir oben im ersten Stock undefinierbare rumpelnde Geräusche. Neugierig geworden schlichen wir leise und vorsichtig die Treppe hoch und spähten durch die nur angelehnte Tür ins Elternschlafzimmer, aus dem der Lärm kam. Wir sahen den Vater, wie er mit heruntergelassener Hose die Mutter gepackt hatte, der das offensichtlich gar nicht recht war, denn sie weinte und flehte »Bitte lass das, ich will das so nicht!«

»Ich bin dein Mann, es ist mein Recht«, er warf sie grob auf das Bett, legte sich dann auf sie und machte mit ihr, während er ihre Arme fest hielt, das, was die Erwachsenen wohl ›Liebe machen‹ nennen. Vorsichtig und ganz leise schlichen Franzi und ich in mein Geheimversteck und

schwuren uns dort gegenseitig feierlich, dass wir nie Liebe machen wollten.

Ein andermal, es war eine Familienfeier bei den Großeltern, hatte ein Schwager es gewagt, den Regensburger Bischof wegen einer in einer Predigt getanen Äußerung zu kritisieren. Daraufhin war mein Vater dem Schwager regelrecht an die Gurgel gegangen und eine größere Rauferei konnte nur dadurch verhindert werden, dass Onkel Alois die Streithähne trennte und damit drohte, meinem Vater ›eine aufs Maul zu hauen‹, sollte er sich wieder nicht beherrschen können. Da Onkel Alois wie schon gesagt mindestens doppelt so dicke Arme hatte wie mein Vater, dazu gut zwei Köpfe größer war, war das eine ernst zu nehmende, nicht ganz unrealistische Drohung, die ihre Wirkung auf meinen Vater nicht verfehlte. Er hatte wie vom Blitz getroffen von seinem Schwager abgelassen und war beleidigt von dannen gezogen, nicht ohne Mutter und uns Kinder zu nötigen, mit ihm die Feier zu verlassen. Seitdem hatte er bei Familienfeiern nach dem Mittagessen immer ›noch in der Kirche zu tun‹.

Ein weiteres Mal, es war als Wolfgang und ich schon die Hauptschule in der Kreisstadt besuchten – wir hatten gerade Mittagspause bevor der Unterricht weiter ging und waren in die Stadt zum Bummeln gegangen – da sahen wir meinen Vater, wie er vorsichtig nach allen Seiten spähend im El Dorado verschwand. Das El Dorado war eine übel beleumundete Bar, die mit verführerischen Bildern nackter Frauen in einem Schaukasten Kundschaft anlockte. Auch wir hatten, wie praktisch alle unsere Mitschüler, schon so manchen verstohlenen Blick auf das Angebot geworfen. In der einen Stunde Pause nun, die uns bis Unterrichtsbeginn blieb und die wir natürlich im gegenüberliegenden Café mit gutem Blick auf den Eingang des Etablissements verbrachten, hatte er das Gebäude jedenfalls nicht wieder verlassen. Da habe ich mich vor meinem Freund schon etwas für meinen Vater geschämt und ihn gebeten, das Gesehene nicht weiter zu erzählen. Gott sei Dank hat er sich daran gehalten.

Am Schlimmsten jedoch war sein Regiment in der Kirche. Zu Hause konnte man ihm wenigstens zeitweise aus dem Wege gehen, aber in der Sakristei und der Kirche hatte der Vater seine Augen überall. Ich war selbstverständlich auch zu den Messdienern gegangen, es wäre mir bei diesem Vater einerseits ohnehin auch nichts anderes übrig geblieben. Es war aber andererseits auch nicht so, dass ich es nicht gerne getan hatte, denn die Feierlichkeit der Liturgie, die Gesänge, der Duft des Weihrauches und die opulente barocke Schönheit unseres Dorfkirchleins übten schon immer eine geheimnisvolle magische Anziehung auf mich aus.

Als Mesner fühlte sich mein Vater für das Gotteshaus im Allgemeinen, seinen Schmuck, die Sauberkeit, den ordnungsgemäßen Ablauf der Messfeiern im Besonderen und damit insbesondere auch für uns Ministranten verantwortlich. Wie ein Feldwebel schritt er vor dem Gottesdienst die Reihen ab, überprüfte den korrekten Sitz der Messgewänder, die Sauberkeit der Schuhe und ob wir Ministranten ordentlich gekämmt waren. Und wehe es fand etwas keine Gnade vor den Augen des Herrn, dann hagelte es Kopfnüsse und Püffe, manchmal sogar Backpfeifen. Auch während der liturgischen Handlungen achtete er von Ferne auf die exakte Gebetsstellung der Hände, darauf dass nicht geschwätzt wurde und dass keine Einsätze verpasst wurden. Zuwiderhandlungen wurden mit stundenlangen nachmittäglichen Proben, deren Durchführung ihm oblag, geahndet.

Nur einmal hatte mein Vater völlig die Fassung verloren und ganz gegen seine Gewohnheit sogar vergessen einen Schuldigen zu ermitteln und zu bestrafen.

Es war während eines feierlichen Hochamtes gewesen. Einer der Ministranten, ein arger Rabauke, der an diesem Tag Dienst am Weihrauchfass hatte, hatte einen Böller, den er seit Sylvester für eine derartige Gelegenheit aufgehoben hatte, mit in die Kirche geschmuggelt, zwecks Zündverzögerung in Alufolie gewickelt und in seinem Ärmel versteckt. Kurz vor der Wandlung war es üblich, noch einmal Weihrauch ins Fass zu geben und damit die Würde dieser Handlung durch entsprechend duftende Rauchschwaden zu unterstreichen. Bei dieser Gelegenheit ließ Robert, so hieß er, den Böller mit auf die heiße Kohle gleiten, das Fass wurde wieder geschlossen und erwartungsgemäß gab es mit einer Verzögerung von einigen Minuten einen gewaltigen Knall, gefolgt von metallischem Scheppern des davon fliegenden Weihrauchfasses. Damit war der Gottesdienst beendet, die Besucher flohen in Panik aus der Kirche und Pfarrer und Ministranten in die Sakristei.

Ich hatte meinen Vater nie vorher und auch später nicht mehr so konsterniert gesehen wie an diesem Tag. Er raufte sich die Haare, sprach permanent zu sich selbst und gab sich die Schuld an diesem Desaster, in der Meinung, er hätte einen Fehler bei der Bestückung des Fasses gemacht. Denn das Stück Silberpapier, das man gefunden hatte, führte man auf die Verpackung der Kohle zurück, die in ähnliches Pa-

pier gewickelt war. Die zerfetzte Pappe des Böllers, die einen Hinweis auf die eigentliche Ursache der Explosion hätte geben können, hatte der Übeltäter selbst beim Hinauseilen noch verstohlen aufgelesen.

Danach war mein Vater, was die Überwachung von uns Ministranten anging etwas ruhiger geworden, denn er war nun nahezu ausschließlich in sich steigernder Zwanghaftigkeit damit beschäftigt, seine eigenen Verrichtungen doppelt und dreifach zu überprüfen, damit ihm ein ähnliches Missgeschick nicht mehr widerfahren konnte.

Oh je, der Arme. Der war ja richtig gehend gestraft mit seinem Vater. Gerti musste an ihren eigenen Vater denken, der eine Seele von Mensch war, manchmal vielleicht sogar etwas zu gutmütig, wenn sie an ihre Pubertät zurückdachte, wo sie ihm manchmal schon arg auf der Nase herumgetanzt war. Sie würde ihren Vater demnächst auf ein Bier einladen.

Gerti las weiter.

Mutter

Sie hatte mit meinem Vater eindeutig den falschen Mann abbekommen und wenn es etwas gab, das wir als Kinder nie verstanden hatten, dann war es der Umstand, der sie dazu gebracht haben mochte, diesen Mann zu heiraten.

Meine Mutter war eine sanfte, einfache, herzensgute Frau. Für uns Kinder hatte sie immer ein freundliches, aufmunterndes Wort, war da, wenn wir sie brauchten, tröstete uns, wenn wir Kummer hatten oder vom Vater geschlagen worden waren. War unser Vater ein emotionaler Krüppel, unfähig tiefere Gefühle zu äußern oder gar zu zeigen, so machte Mutter dies mehr als wett, sie nahm uns in den Arm, wann immer wir es nötig hatten, streichelte und drückte uns und gab jedem einzelnen von uns Kindern das Gefühl wichtig und einzigartig zu sein.

Einen Beruf übte sie nicht aus. Ich bin mir gar nicht sicher, ob sie überhaupt einen erlernt hatte, hatte sie doch sehr jung geheiratet und danach relativ rasch uns Kinder, eines nach dem anderen in knapp jährlichen Abständen, bekommen. Sie sah wohl ihre Aufgabe darin Ehefrau, Mutter und Hausfrau zu sein – diejenige, die die Familie und den Hausstand zusammenhielt, was ihr trotz der widrigen Umstände, deren Ursache einzig und allein mein Vater gewesen war, doch erstaunlich gut gelang.

An ihrer Familie hing sie sehr, namentlich an ihren Eltern, meinen geliebten Großeltern, und an ihrem Bruder, dem Pfarrer, meinem Patenonkel, wohl weil er so gescheit, belesen und kultiviert war und es als erster in ihrer Familie wirklich zu etwas gebracht hatte – waren doch bisher nur Bauern und einfache Handwerker aus ihr hervor gegangen.

Auch zu ihren anderen Geschwistern hielt sie engen Kontakt, zu meinem Onkel Alois, der den elterlichen Hof übernommen hatte und den anderen Geschwistern, die auswärts verheiratet waren. Sie trafen sich regelmäßig zu Geburtstagen, den hohen kirchlichen Feiertagen und auch sonst, wenn sich irgendeine Gelegenheit dazu bot. Für uns Kinder war dies jedes Mal eine willkommene Abwechslung, denn alle bis auf Onkel Alois hatten Kinder, zumindest wenigstens eines, so dass wir Cousins und Cousinen einen engen Kontakt zueinander pflegten und bei jeder dieser Gelegenheiten einen Mordsspaß miteinander hatten. Lediglich mein Vater war bei diesen Feierlichkeiten immer sehr verdrießlich und schlecht gelaunt, fühlte er sich von Mutters Verwandtschaft in seiner Wichtigkeit nicht so richtig ernst genommen und nutzte daher jeden noch so fadenscheinigen Vorwand, um sich vor diesen Treffen zu drücken, was selbigen aber nicht geschadet hat, ganz im Gegenteil. In seiner Einschätzung der Einstellung von Mutters Verwandtschaft ihm gegenüber war er wohl nicht so falsch gelegen, gab seine übertriebene, bigotte Religiosität und sein offensichtliches Ducken nach oben und Treten nach unten doch häufig Anlass zu größter Heiterkeit im Familienkreis, natürlich nur in seiner Abwesenheit, hätte Mutter es doch sonst schwer büßen müssen. Insbesondere mein Onkel Alois war ein begnadeter Parodist meines Vaters und hatte mit seinen Einlagen stets Anlass zu größter Freude und vielen Lachtränen gegeben.

Wenn uns Kindern Unrecht getan wurde, war mit Mutter nicht zu spaßen. Einmal, ich sehe es wieder vor mir, wie wenn es eben erst gewesen wäre, es war in der vierten Klasse, war sie mit meiner damaligen Lehrerin Frau Gulden und unserer Rektorin heftig aneinander geraten.

Ein Schüler unserer Schule – wer es war hatte man letztendlich nie herausgefunden, auch wenn wir unseren Mitschüler Robert im Verdacht hatten, wir hätten das aber nie jemandem verraten – hatte schon mehrmals das Schulklo mit Papierhandtüchern verstopft. Da man dem Täter trotz aller Bemühungen nicht auf die Schliche gekommen war und man deshalb im Rektorat immer verzweifelter wurde, da man sich an der Nase herum geführt fühlte, wurde seitens der Schule ein Beobachtungsposten im Biologiesaal eingerichtet, von dem aus Frau Gulden während der Pause durch einen Spalt in der Türe die WC-Tür bespähte. Zusätzlich wurden vor der Pause von den Lehrern die WCs auf Verstopfungsfreiheit kontrolliert.

Eines Tages, es war mitten in der Unterrichtsstunde, kam die Schulleiterin wie das Jüngste Gericht in unser Schulzimmer gestürmt und holte Wolfgang und mich ins Rektorat ab. Dort wurden wir von ihr und Frau Gulden in barschem Ton beschuldigt, die lang gesuchten Übeltäter zu sein. Angeblich waren Wolfgang und ich als letzte gesehen worden, wie wir das WC verließen, bevor wieder der Abfluss verstopft worden war. Angeblich sei vorher alles in Ordnung gewesen – Frau Gulden hätte es höchst persönlich inspiziert gehabt.

Wir waren es aber trotzdem nicht, doch halfen uns all unsere Beteuerungen nichts, Frau Gulden und die Rektorin bezichtigen uns mit immer röter werdenden Köpfen und sich überschlagenden Stimmen der Verstocktheit, unterstellten uns kriminelle Energie, da wir so hartnäckig leugneten. Diese Hartnäckigkeit sei ja geradezu der Beweis unserer Schuld, da man diese bei Kindern unseres Alters nicht erwarten würde, ja man drohte uns sogar mit der Polizei, und das alles, ohne dass unsere Eltern oder ein Vertrauenslehrer bei diesem Kreuzverhör hinzugezogen worden wären. Schließlich wurden wir mit einem Schulverweis bestraft.

Als Mutter davon erfahren hatte, ließ sie nicht locker, bis sie der Schulleitung und Frau Gulden wegen ihres Vorgehens einen Verstoß gegen die Schulverordnung nachgewiesen hatte. Sie hatte sich deswegen sogar an das Schulamt und das bayerische Kultusministerium gewandt, so dass die Rektorin und Frau Gulden schließlich, wohl auch auf Intervention oben genannter Stellen hin, klein beigeben mussten und die Strafe zurückziehen mussten, obwohl sie gleichwohl der Meinung waren, dass wir es gewesen seien. Es bliebe sonst, wie die Schulleiterin allen Ernstes meiner Mutter gegenüber meinte, nur das kleine Jesulein als Übeltäter übrig. Nun, dann musste es wohl dieses gewesen sein, denn Wolfgang und ich waren es jedenfalls nicht.

Vielleicht war es bei der letzten Verstopfung ja Frau Gulden, die auch im Unterricht zur Hinterhältigkeit neigte, selbst gewesen, die die Papiertücher in den Abfluss stopfte, denn sie wollte noch Karriere machen und die Schulleitung stand unter gehörigem Druck, endlich einen Schuldigen präsentieren zu können, da die ganze Affäre doch für erhebliche Unruhe in der Schule gesorgt hatte.

Kurz darauf jedenfalls starb die Rektorin und Wolfgang und ich vermuteten, es sei die Rache des kleinen Jesuleins gewesen, dafür, dass es von ihr in die Sache mit hinein gezogen worden war.

So war meine Mutter, wenn einem von uns Kindern Unrecht getan wurde. Nur Vaters rein körperlicher Gewalt hatte sie nie etwas entgegen zu setzen gewusst.

Ausgerechnet jetzt, wo es interessant wurde, hatte Gerti auf die Uhr sehen müssen. Es war schon weit nach Mitternacht und morgen hatte sie einen anstrengenden Arbeitstag vor sich. Sie würde jetzt zu Bett gehen müssen. Seufzend klappte sie das Büchlein zusammen und legte es auf den Schreibtisch in ihrem Arbeitszimmer.

Am nächsten Tag, sie hatte den Dienstschluss kaum erwarten können, führte sie ihr erster Weg wieder in ihr Arbeitszimmer. Ihrem Freund der sich Hoffnungen auf einen romantischen Abend gemacht hatte, musste sie eine Abfuhr erteilen, was dieser maulend zur Kenntnis nahm, sich ein Bier einschenkte und sich schmollend vor den Fernseher verzog.

Patenonkel

Als Kind habe ich meinen Taufpaten, den Pfarrer Georg Hornberger sehr verehrt und heiß und innig geliebt.

Ich sehe mich auf seinem Schoß sitzen, das Hoppe-Hoppe-Reiter-Lied singen und von ihm immer wieder aufgefangen werden. Wann immer mein Pate Zeit hatte, wann es sein Beruf zu ließ und natürlich auch zu jedem Geburts- und Namenstag besuchte er mich, brachte mal kleine, mal größere Geschenke mit, gerne Bücher, gelegentlich schenkte er mir auch Geld für die Sparbüchse. Er las mir aus Abenteuerbüchern vor oder spannende Geschichten aus der Bibel – von kleinen Männern die große Riesen besiegten, von Frauen, die ihre Peiniger köpften, von einem Volk, das vierzig Jahre durch die Wüste wanderte oder von Soldaten, die mit Trompeten Mauern zum Einsturz brachten. Von Zeit zu Zeit machte er auch Ausflüge mit mir, wo wir uns die eine oder andere Kirche oder Kapelle gemeinsam ansahen.

Jedenfalls war ich mächtig stolz auf meinen Paten gewesen und genoss es, von meinen Schwestern und später von den Freunden und Schulkameraden seinetwegen glühend beneidet zu werden.

Einmal waren wir in Waldsassen gewesen, einer kleinen beschaulichen Grenzstadt im nordostbayerisch-böhmischen Grenzgebiet, nicht weit von der Stadt Eger entfernt, mit einem gemessen an der Größe der Stadt geradezu exorbitan-

ten Zisterzienserinnenkloster. Im Zentrum eines weiten Platzes gelegen, im Rücken der Klostergarten, flankiert von weit ausladenden Klostergebäuden lag die doppeltürmige 1704 im Hochbarock vollendete Basilika vor uns wie ein Stein gewordenes zum Himmel aufsteigendes Gebet.

Nachdem wir zunächst diese beinahe unwirkliche Szenerie von außen auf uns hatten wirken lassen, betraten wir ehrfürchtig den hohen, weit ausladenden mit weißen Stuckaturen über und über verzierten Innenraum, der in seiner gewaltigen Pracht dem Kirchenäußeren in nichts nachstand. Sprachlos vor Staunen stand ich vor diesem Überfluss an Schönheit, indes ich in meiner Verzückung von den Ausführungen meines Onkels zur Baugeschichte im Allgemeinen und zum Barock im Besonderen so gut wie nichts mitbekommen hatte. Ich hatte gemeint, dass dieser Anblick nicht mehr zu übertreffen wäre, wurde aber durch den Besuch der Klosterbibliothek eines Besseren belehrt.

Uns erwarteten ein saalartiger Raum, an drei Seiten von einer geschnitzten Empore umgeben, die von mannshohen Figuren getragen wird und über zwei Etagen mit Büchern, die sich in geschnitzten Regalen bis zur Decke stapelten. Prachtvolle geschnitzte Brüstungen konkurrierten mit filigransten Stuckaturen und farbenfrohen Gemälden um die Gunst des Betrachters. In den Schnitzereien, den Gemälden und Stuckaturen fanden sich die zum Teil seltsamsten Fabelwesen, aber auch viele Tiere, die mir bekannt waren wie Igel, Füchse, Mäuse, Pelikane und vieles mehr. Es war ein Fest für die Sinne, man hätte Tage gebraucht, um alle Absonderlichkeiten und Feinheiten zu entdecken.

Am eindrucksvollsten und verstörendsten zugleich jedoch fand ich die geschnitzten mannsgroßen Holzfiguren, die die Empore trugen und von denen jede einzelne je nach dem, von welcher Richtung man sie betrachtete, entweder freundlich oder böse war, reich war oder arm oder sonst irgendeinen Gegensatz in ein und derselben Figur vereinte. Eine Figur hatte sogar Mäuse im Bart. Auf meine verwunderte Frage, wie es denn sein könne, dass ein und dieselbe Figur von unterschiedlichen Perspektiven gesehen so verschieden aussehen könnten, meinte mein Onkel, das sei wie bei uns Menschen, jede Seele habe gute und böse Seiten, in jedem von uns gebe es Licht und Schatten.

Nun, von meinem Onkel, der Mutter und den Großeltern konnte ich mir das allerdings überhaupt nicht vorstellen, bei meinem Vater konnte ich dies schon eher nachvollziehen, wobei bei diesem wohl eher die dunkle Seite, die ich schon zur Genüge hatte kennen lernen dürfen, überwog. Bei meinem Onkel hatte ich mich in diesem Punkt allerdings gehörig getäuscht.

Erschlagen von der Wucht der Eindrücke mussten wir uns anschließend noch mit einer ordentlichen Oberpfälzer Brotzeit im Biergarten der Gaststätte ›Kronprinz Luitpold‹ stärken, bevor wir uns im alten VW-Käfer meines Onkels zum nächsten Ziel unseres Ausflugs, der Großen Kappel aufmachten.

Der Heiligen Dreifaltigkeit geweiht lag diese, ganz der Zahl drei gewidmete barocke Kirche in der lichten Weite der Nordoberpfälzer Landschaft. Der schon von Ferne auffällige Rundbau war wie ein Kleeblatt in drei Kirchenschiffe gegliedert, die wiederum von drei randständigen Türmen vonei-

nander abgesetzt waren. So eine interessante Kirche hatte ich noch nie vorher gesehen, insbesondere konnte ich mir nicht vorstellen, wie man ein derartig kompliziertes Gebäude in dieser Perfektion hatte bauen können. Nun, meinte mein Onkel, den ich daraufhin angesprochen hatte, die damaligen Architekten hätten nicht umsonst Baumeister geheißen.

Todmüde war ich schließlich während der Heimfahrt im roten VW-Käfer meines Onkels eingeschlafen und erwachte erst wieder, als das beruhigende Nageln des Motors erstarb und wir vor der Haustüre meiner Eltern anhielten.

Als ich älter wurde änderte sich das Verhalten meines Patenonkels mir gegenüber langsam und zunächst fast unmerklich. Wenn ich es mir genau überlege, so fiel mir etwa ab meinem 12. Lebensjahr auf, dass mein Onkel zu mir vor allem auf körperliche Distanz ging, er umarmte mich merkwürdigerweise nicht mehr, legte mir auch nicht mehr seinen Arm um die Schultern, was er vorher gerne gemacht hatte. Er besuchte mich zwar weiterhin regelmäßig, brachte auch Geschenke mit, vermied aber soweit es ging jede Art von Berührungen, die über das reine Händeschütteln hinausgingen. Zudem war mir aufgefallen, dass mein Onkel mich so sonderbar ansah. Ich hätte mir aber nicht erklären können, was daran so merkwürdig war oder warum überhaupt es mir sonderbar vorgekommen war. Als ich den Grund für das seltsame Verhalten meines Onkels erkennen musste, war es zu spät gewesen, dem Lauf der Dinge noch eine andere Wendung zu geben.

Missbrauch

Ich war vierzehn Jahre alt, als ich das Sakrament der Firmung empfing. In meiner Erinnerung ist der Tag, in dessen weiterer Folge sich mein Leben dramatisch verändern sollte, ein schöner Tag gewesen. Die Sonne strahlte warm von einem blauen Maihimmel, in der Luft lag die Verheißung von Neubeginn und bereits ein Hauch von Sommer.

Der ganze Ort hatte sich fein herausgeputzt, denn an diesem Tag sollte der Diözesanbischof empfangen werden, der das Sakrament der Firmung persönlich spenden wollte, befand sich unter den Firmlingen doch das Patenkind des von ihm so hochgeschätzten Predigers, des Pfarrers Georg Hornberger. Die Kirche war mit frischen grünen Birken innen und außen festlich geschmückt, Fahnen flatterten im Wind, mein Vater war seit Wochen vor lauter Wichtigkeit nicht mehr ansprechbar. Kirchenchor, Blaskapelle und Kindergartenkinder hatten vor der Kirche Aufstellung genommen, um den hohen Gast zu empfangen.

Dieser traf in Begleitung meines Onkels pünktlich 15 Minuten vor Beginn des Festgottesdienstes in seiner blitzenden schwarzen BMW-Limousine ein, und schritt, nachdem er dieser entstiegen war, die angetretene Ehrenformation von Feuerwehr und Schützenverein ab, nahm Begrüßungsgedicht und Blumensträußchen der Kinder in Empfang und betrat unter Glockengeläut und dem jubelnden Gesang des

Kirchenchores – dieser hatte Mozart, Missa brevis in C, einstudiert – das Gotteshaus, gefolgt von dem Zug der Firmlinge, ihrer Paten und Familienangehörigen. Das Firmpatenamt bei mir auszuüben hatte sich mein Onkel nicht nehmen lassen und mir war es auch ganz recht gewesen.

Nach der feierlichen Zeremonie hatten meine Eltern im ›Gasthof zur Post‹ reservieren lassen, wo unsere Familie mit dem Bischof und dem Ortspfarrer zusammen zu Mittag essen wollte. Auch Oma, Opa und Onkel Alois waren da. Das Mittagessen war ebenfalls sehr festlich. Es wurde viel gebetet, davor, danach und dazwischen, was jedoch weder den Bischof, noch meinen Patenonkel noch den Ortspfarrer davon abhielt, kräftig dem Weizenbier zuzusprechen, was wiederum den Opa zu dem geflüsterten Kommentar veranlasste: »Donnerwetter, die geistlichen Herren können vielleicht was weghauen.« Mein Vater war natürlich ganz besonders in seinem Element. Er scharwenzelte um die hohen Herrschaften herum und benahm sich fast wie ein zweiter Oberkellner, was schließlich meine Mutter dazu brachte, ihm ein leises »Jetzt setz dich endlich mal hin.« zuzuraunen. Ich hatte es aber gehört und mein Opa auch, denn er zwinkerte mir verschwörerisch zu.

Danach eröffnete mein Onkel mir und allen anderen Anwesenden feierlich, was er mir, seinem Patenkind zur Firmung zu schenken gedachte. Er wolle mit mir an der Diözesanwallfahrt von Regensburg nach Altötting teilnehmen, diese würde in knapp zwei Wochen beginnen, von Donnerstag vor Pfingsten bis zum Pfingstsonntag. Alle Kosten und Spesen würde selbstverständlich er übernehmen.

Der Bischof, der Ortspfarrer und mein Vater waren natürlich begeistert und klatschten Beifall. Ich selbst wusste allerdings nicht so recht, ob ich mich freuen sollte oder nicht, lockte zwar die Aussicht auf vier Tage mit meinem Paten und das große Abenteuer eines Fußmarsches über 111 km in drei Tagen, aber die ganze Zeit beten …?

Nun gut, die Entscheidung war ohnehin schon gefallen, die Befreiung von den letzten beiden Schultagen vor den Pfingstferien war schon erwirkt, also beschloss ich, mich auf dieses Ereignis zu freuen. Wer wusste schon, was diese Tage an Neuem und Aufregendem bringen würden und man bräuchte ja nicht laut zu beten, man könnte sich ja auch die Menschen mit denen man ginge und die Landschaften, durch die man käme, genau anschauen und, wenn ich ehrlich war, weit von meinem Heimatort war ich zu diesem Zeitpunkt noch nicht weg gewesen, so dass schon allein dieser Aspekt des Abenteuers durchaus verlockend war. Hätte ich allerdings nur im Geringsten geahnt, was da auf mich zukommen würde – ich hätte nichts unversucht gelassen, diese Wallfahrt nicht mitmachen zu müssen.

Die Zeit bis Donnerstag vor Pfingsten war schnell vergangen. Mein Onkel hatte geplant, mit mir mit dem Pilger-Sonderzug vom Weidener Hauptbahnhof nach Regensburg zu reisen. Die Abfahrt des Zuges war für kurz nach fünf Uhr morgens vorgesehen. Daher fand sich mein Pate bereits kurz nach vier Uhr an meinem Elternhaus ein, um mich mit seinem roten VW-Käfer abzuholen. Beide hatten wir uns dem Anlass entsprechend mit Wanderstiefeln und leichter Wanderbekleidung angetan – es war schönes Wetter angesagt. Im mitgeführten Rucksack befand sich eine zweite Garnitur

Kleidung und Turnschuhe für den Aufenthalt in Altötting selbst, eine Jacke und Regenschutz für alle Fälle, sowie etwas Proviant.

Am Bahnhof vertrieben wir uns die Wartezeit bis zur Ankunft des Zuges mit lockeren Gesprächen mit weiteren Pilgern, die dasselbe Ziel hatten wie wir und ebenfalls auf den Sonderzug warteten. Diese Gespräche nahmen allerdings ungünstiger und auch langweiliger Weise immer eine Wendung ins Religiöse, wenn unsere Mitreisenden mitbekamen, dass mein Onkel ein geistlicher Herr war.

Onkel Georg war, ganz im Gegensatz zu seinem reservierten Verhalten in der Zeit zuvor, jovial, ja geradezu gelöst, vor Vorfreude fast schon überdreht, suchte ständig die körperliche Nähe zu mir, legte mir, wann immer er die Gelegenheit dazu hatte, den Arm auf die Schultern, was mir stellenweise schon etwas peinlich war und zeigte Witz und Esprit. Ich hatte bisher gar nicht gewusst, dass er ein so guter Unterhalter sein konnte.

Der Zug fuhr pünktlich ein, wir fanden ein schönes Abteil, in dem sogar noch Fensterplätze frei waren, und genossen auf der Fahrt nach Regensburg die fröhliche Stimmung eines Frühsommermorgens, während wir die erwachende und sich für einen heiteren Endmaientag rüstende Oberpfalz die Naab entlang gen Regensburg durchquerten.

Am Regensburger Hauptbahnhof herrschte, ungewöhnlich für diese frühe Stunde, hektische Betriebsamkeit. Wahre Heerscharen von Pilgern ergossen sich aus den von allen Richtungen eintreffenden Zügen und strömten auf den Bahnhofsvorplatz, wo Shuttle-Busse darauf warteten, sie zum Ausgangspunkt des Pilgerzuges, der Pfarrei St. Alber-

tus Magnus, zu bringen. Auch mein Pate und ich ließen uns im Strom mit treiben und fanden einen Bus, der uns dann am Zielort wieder ausspuckte.

Nach dem feierlichen Anfangsgottesdienst, den mein Onkel mitzelebriert hatte, setzte sich wie ein riesiger Lindwurm ein gewaltiger Zug aus Pilgern – es mochten einige tausend sein – betend und singend in Bewegung. Alte waren dabei, teilweise gut achtzig Jahre alt, junge wie ich selbst, das Gros im mittleren Alter zwischen 30 und 60 Jahren. Dazu richtige Profis, die schon die dreißigste Wallfahrt und mehr mitmachten und stolz Unmengen von Pilgerabzeichen an den Hüten und Jacken trugen. Vorneweg ging ein Kreuzträger, alle paar hundert Meter ein Lautsprecherträger, es wurde – und das sollte die nächsten drei Tage so bleiben – ununterbrochen gebetet und gesungen, was, wie sich auch für mich nach und nach noch herausstellen sollte, so schlecht gar nicht war, hatte es doch auch eine betäubende Wirkung. Es ließ sich so mancher Schmerz und manche Strapaze besser ertragen, wenn durch die gebetsmühlenhafte Monotonie der sich sträubende Wille und Verstand unterdrückt, wenn nicht gar gebrochen wurde.

Als Mangolding, ein ansonsten unbedeutender Ort auf der Landkarte, erreicht war, wurde die ganze Heerschar in einen Sonderzug verladen, der ob der Menge an Leuten zweimal fahren musste, und in Sünching wieder ausgespuckt. Weiter ging es über Haindling, mir dem Namen nach schon bekannt durch seinen berühmtesten Sohn, einen Musiker, der den Namen seines Heimatortes angenommen hatte und dessen Musik ich zum damaligen Zeitpunkt sehr liebte, nach Martinsbuch, wo am Wegesrand in einer berüh-

renden Zeremonie jedem Wanderer Brot und Salz gereicht wurden, bevor man nach etwas mehr als 30 Kilometern das erste Etappenziel, Mengkofen erreicht hatte. Dort wurden alle Pilger, die vorher in einer logistischen Meisterleistung ihren jeweiligen Herbergen zugeteilt worden waren, von ihren Gastgebern abgeholt.

Mein Onkel und ich wurden von einem freundlichen älteren Bauern zu seinem Einödhof am Ortsrand von Mengkofen gebracht, wo wir uns Gott Lob in seinem Bad zunächst frisch machen konnten und dann von dessen Frau mit einer ordentlichen Brotzeit wieder auf die Beine gestellt wurden, bevor wir in gestärkten, duftenden Betten eine erholsame, jedoch äußerst kurze, Nachtruhe fanden, denn nachts um drei Uhr musste zur nächsten Etappe, die sich über mehr als 50 Kilometer ziehen sollte, aufgebrochen werden. Unser Gastgeber brachte uns daher zu nachtschlafender Zeit wieder zum Sammelpunkt, wo wir uns erneut in den betenden und singenden Lindwurm einreihten.

Im Morgengrauen, kurz nachdem die Vögel zu singen begonnen hatten, hatten wir bereits 17 Kilometer hinter uns gelegt und Dingolfing war erreicht, wo mich besonders ein großes Sanitätslager des Roten Kreuzes beeindruckte. Hier wurden die jetzt schon unzähligen Fuß- und Kreislaufkranken verarztet. Das Ganze erinnerte mich an ein Kriegslazarett, von dem ich in einem Buch einmal gelesen hatte. Dem Pilgerzug folgte übrigens ein ganzer Tross von Ambulanzwagen, der die Ausfälle einsammelte.

Unumstrittener und gefürchteter Höhepunkt des zweiten Tages war zwischen Frontenhausen und Seemannshausen (komischer Name, weit und breit kein Meer, dachte ich mir) ein Tal, das von den Pilgern Tal der Trostlosigkeit, von einigen despektierlich auch Tal des Todes genannt wurde.

Warum wurde mir bald klar, als wenige Schritte vor uns ein älterer Mann mit einem Seufzer zusammenbrach, jegliche ärztliche Hilfe der mit großem Getöse herbeigeeilten Mediziner und Sanitäter trotz vielfältigster Wiederbelebungsmaßnahmen umsonst war und meinem Onkel nur mehr blieb, dem Armen die Sterbesakramente zu spenden. Trotz aller Tragik war das natürlich für viele brave Pilger und ich gestehe es beschämt, auch für mich, eine willkommene Abwechslung in der Monotonie des gleichförmigen Gehens, Betens und Singens.

Es handelte sich bei diesem Tal um eine 12 Kilometer lange schattenlose Senke, welche auf Asphaltstraßen in glühender Sonnenhitze durchwandert werden wollte, denn es war ein sehr heißer Frühsommertag geworden. Um Kühlung zu spenden waren örtliche Feuerwehren aufgefahren, die aus ihren Schläuchen erfrischendes Nass auf die Pilger versprühten, was jedoch nicht in jedem Falle half, wie an oben beschriebener Episode eindrucksvoll zu sehen war. Mit schmerzenden Beinen, Blasen an den Füßen und völlig ausgelaugt erreichten wir inmitten des Pilgertrosses nach gut 50 Kilometern Massing, wo wir diesmal auf Grund der guten Beziehungen meines Onkels im örtlichen Pfarrhof übernachten konnten und von der Pfarrhaushälterin aufs Trefflichste bewirtet wurden.

Nach leider erneut kurzer Nacht bewegte sich der Zug, dem wir uns wieder angeschlossen hatten und der von nun an durch sich ständig neu anschließende Mitpilger, die teils mit Bussen herbei gefahren wurden, stetig wuchs, bis er zwischen acht- und neuntausend Seelen erreichen sollte, Richtung Inn, wo nach Überqueren der Innbrücke unter Glockengeläut Altötting erreicht wurde. Einer der ergreifendsten Momente des dritten Wallfahrtstages war dabei sicherlich gewesen, als von der Höhe eines Hügels, der erklommen werden musste, noch einige Kilometer vor Altötting die Silhouette des Wallfahrtsortes mit ihren Kirchen und Kapellen im sommerlichen Morgendunst des Inntales zu den Wallfahrern herüber grüßte.

Der Empfang in Altötting war überwältigend. Unter dem Geläut aller Kirchenglocken bewegte sich der vieltausendköpfige Zug singend zum Kapellenplatz. Hier wurde er von einem Bischof, der neben der Gnadenkapelle stand, mit der in prächtige Gewänder gehüllten braunschwarzen Madonna – einer uralten Holzfigur, der wundertätige Kräfte nachgesagt wurden – gesegnet. Die Gnadenkapelle selbst erinnerte mich an ein kleines grünbedachtes Schiffchen, das hier inmitten des weiten Platzes auf Grund gelaufen war. Ich war von der Wucht des hier sich manifestierenden Volksglaubens, der Inbrunst der Gebete und Gesänge zunächst wie erschlagen und betäubt, ließ mich aber bald anstecken und ergreifen und fand mich, ohne dass ich wusste, wie ich dorthin gekommen war, schließlich Tränen überströmt im Innern der von Gold und Silber gleißenden, kerzenerhellten, von unzähligen Votivtafeln bedeckten Gnadenkapelle wieder, wo ich mich, von diesem fest an sich gedrückt, an der Schulter meines Onkels vor Glück ausweinte.

Den Nachmittag verbrachten wir im ›Hotel zur Post‹ (auch in Altötting gab es ein solches), wo uns mein Onkel für eine Nacht im Doppelzimmer eingemietet hatte. Das

Hotel hatte einen schönen Biergarten, in dem wir uns mit Schweinsbraten und mehreren Bieren – mein Onkel hatte an diesem Tag wahrlich große Spendierhosen an – von den Strapazen erholen durften und uns für die abendliche Lichterprozession um die Kapelle stärkten.

Als es nach vielen Bieren und einigen Schnäpsen soweit war – die Dämmerung hatte sich soeben über den Kapellenplatz gesenkt und Scharen von Pilgern strömten mit Lichtern in Richtung Gnadenkapelle – waren mein Onkel und ich bereits merklich angeheitert. Wobei, wenn ich es rückblickend betrachte, ich selbst eigentlich schon sturzbetrunken war, denn außer den gelegentlichen Schlucken Bier beim Kartoffelgraben mit Onkel Alois hatte ich mit Alkohol bis zu diesem Zeitpunkt noch keinerlei Erfahrungen gemacht. Eingehakt und unsicheren Schrittes schlossen wir uns den Pilgern an, die singend und betend die Gnadenkapelle umrundeten. Durch den Alkoholgenuss waren meine Sinne einen Teils schon etwas benebelt, andern Teils jedoch überempfänglich geworden für die feierliche und erregende Stimmung, die das Licht Hunderter von Kerzen und der über den Platz hallende ergreifende Gesang aus einer Vielzahl von Kehlen verbreitete. Von inbrünstiger religiöser Begeisterung mitgerissen, ja geradezu euphorisiert trat ich nach dem Ende der Prozession, geführt von meinem Onkel, mit weichen Knien den Rückweg ins Hotel an.

Dort angekommen begaben wir uns unmittelbar auf unser Hotelzimmer, das zweckmäßig aber geschmackvoll möbliert war und das in meiner Erinnerung hauptsächlich aus einem großen Doppelbett bestand.

Mein Onkel bestand darauf, mir, da ich immer noch deutlich betrunken war, beim Auskleiden zu helfen. Als er mir Hose und Unterhose hinunter streifte, berührte er mit einer Hand wie zufällig mein Glied und strich mir mit einer beiläufig zärtlichen Geste mit der anderen über den Po. Ich muss mich wohl noch immer in der, vom Rausch und dem vorher Erlebten hervorgerufenen, religiöser Verzückung nicht unähnlichen Stimmung befunden haben, jedenfalls empfand ich diesen Übergriff nicht direkt als unangenehm. Es war mir in meiner momentanen Verfassung eher gleichgültig. Zudem war ich erschöpft und wollte nur noch schlafen. Aus diesem Grund fand ich auch keinen Willen mehr, mich gegen meinen Onkel zur Wehr zu setzen, als seine Annäherungen immer drängender und seine Berührungen immer intimer und direkter wurden. Doch hätte ich mich wirklich dagegen wehren können, und wenn ja, wie? Ich wusste es damals nicht und weiß es auch heute noch nicht, da es keinerlei Rolle mehr spielt.

Als mein Onkel schließlich von hinten in mich eindrang, nahm ich den Schmerz eher mit einer Mischung aus ungläubiger Verwunderung und fatalistischer Ergebenheit zur Kenntnis und war froh als ich endlich einschlafen konnte, nachdem mein Onkel befriedigt war. Dessen eindringliche Ermahnung, dies müsse unbedingt ein Geheimnis zwischen uns beiden bleiben und seine Beschwörungen, ich hätte dem Herrgott damit eine Freude gemacht und es sei ein gottgefälliges Werk gewesen, dies getan zu haben, erreichte mich wie durch einen Nebel aus Watte nur mehr aus sehr großer Entfernung.

Am nächsten Morgen erwachte ich mit dröhnendem Schädelweh und dem starken, ja geradezu vernichtenden Gefühl unerträglicher Schuld und alles verzehrender Scham, als ich den zärtlichen und gleichzeitig begehrlichen Blick meines Onkels auf mich ruhen sah. Ein ferner Schmerz zwischen meinen Schenkeln erinnerte mich an das nächtliche Geschehen. Als mein Onkel mich erneut berühren wollte, wies ich ihn grob von mir.

Darauf setzte er mir wortreich und mit weinerlicher, ja fast flehender Stimme auseinander, was für eine Freude ich Gott damit machen würde, wenn ich wenigstens ab und an mit ihm zärtlich sein wolle, dass dies auch keineswegs eine Sünde sei, da er, Georg, ja ein von Gott geweihter Priester sei, mithin das was er mache und auch jede Freude, die man ihm selbst bereite gottgefällig sei und ich, Josef, keine Angst zu haben brauche, ganz im Gegenteil, ich würde damit Pluspunkte für die Ewigkeit sammeln. Im Übrigen müsse das aber schon ein Geheimnis zwischen uns beiden bleiben, keiner dürfe davon erfahren, dann würde das Band, das uns verknüpfe umso kostbarer sein. In meiner Verzweiflung hielt ich mir bei seinen Ausführungen beide Ohren zu, da ich das ganze schlaue und mir doch verlogen erscheinende Geschwafel nicht mehr hören konnte.

In betretenem Schweigen hatten wir anschließend unser Frühstück eingenommen, schweigend besuchten wir den festlichen Pfingstgottesdienst in der Basilika, der mir jetzt gar nicht mehr so festlich erschien, vielmehr hohl und lügnerisch, und schweigend fuhren wir wie zwei Fremde einander gegenüber sitzend mit der Eisenbahn wieder nach Weiden zurück. Einen Blick für die vorbeiziehende sonnenbe-

schienene heitere Landschaft hatte ich nicht, allzu bohrende Fragen und allzu quälende Selbstvorwürfe hatten sich in meinem Kopf eingenistet.

Völlig verwirrt ging ich unmittelbar nach unserer Ankunft in Waidbuch zu Bett. Mir war, als würde es mich innerlich zerreißen, als tobte in mir ein heftiger Kampf einander widerstreitender Dämonen, so dass ich meinte, der Kopf müsste mir zerspringen. Ich verzehrte mich fast vor Scham, ich wusste nicht mehr, was Recht und was Unrecht war und was gut und was böse. Ich hatte mich sehr zum Missfallen meiner Eltern nahezu grußlos von meinem Onkel verabschiedet, hatte ihm gerade noch kurz und fahrig die Hand gereicht, jeglichen Blickkontakt allerdings tunlichst vermieden. Was hätte ich auch anderes tun sollen?

Die ganze drauf folgende Woche hatte ich mein Bett nicht mehr verlassen, denn ich hatte hohes Fieber bekommen und mich plagten starke pulsierende Kopfschmerzen, die ein Aufstehen gänzlich unmöglich machten.

Da war es, das mögliche Motiv für den Mord an den Priester.

Da war die Antwort auf die Andeutungen des Bibelspruchs bezüglich eines Menschen, der bestraft würde, weil er einem Kleinen etwas angetan hatte. Gerti Zimmermann war erschüttert. Sie selbst hatte schon einmal an der Diözesanwallfahrt nach Altötting teilgenommen und war tief beeindruckt gewesen. Doch mit den Augen des armen Jungen gesehen war das Ganze nur eine Inszenierung des Bösen, eine Täuschung, die nur der Erlangung eines bösen Ziels gedient hatte. Aber hatte er auch seinen Onkel umgebracht?

Rasch las Gerti weiter.

Flucht nach Prag

Die Nächte in Prag konnten verdammt kalt sein. Obgleich es erst Frühherbst war fror ich erbärmlich in meinem dünnen, mittlerweile stark verschlissenen alten Schlafsack an meinem sommerlichen Stammplatz unter der Moldaubrücke in einem der östlichen Außenbezirke Prags, wo ich die Nächte verbrachte, wenn ich mich nicht gerade in der alten Lagerhalle bei meinen Kumpels aufhielt. Um wenigstens meinen Rücken vor der kriechenden Kälte zu schützen, hatte ich mir wie so oft einen dicken Pappkarton untergelegt, den ich im Hinterhof eines Supermarktes gefunden hatte. Zum Aufwärmen hatte ich eine Flasche billigen Wodkas dabei, den ich mir von den paar Kronen gekauft hatte, die ich mir auf dem Wenzelsplatz von freigiebigen Touristen zusammengeschnorrt hatte. Gegessen hatte ich seit dem Vortag nichts mehr, ich hatte allerdings auch fast keinen Hunger mehr, insbesondere seitdem ich begonnen hatte, mir Heroin zu spritzen.

Es würde eine unangenehm feuchtkalte Nacht werden, zogen sich doch schon die ersten Nebelschwaden über der Moldau zusammen, während der Verkehrslärm in den Außenbezirken der Stadt langsam erstarb. Erträglicher würde es werden, wenn Zdenka, mit der ich mich seit geraumer Zeit angefreundet hatte, Zdenka mit ihren verfilzten Dreadlocks und ihrem undefinierbaren Mischlingshund Brutus, vorbei-

käme, dann könnten wir uns wie so oft zusammenkuscheln, den Hund zwischen uns, und die Kälte dadurch besser ertragen.

Dies war nun bereits mein, ach ich wusste schon gar nicht mehr, wievieltes Jahr in Prag.

Nachdem ich mich vom ersten Schock meines Erlebnisses mit Onkel Georg nur langsam und zögerlich erholt gehabt hatte, hatte ich zunächst versucht, mein gewohntes altes Leben wieder aufzunehmen. Dies war mir jedoch auch beim allerbesten Willen nicht mehr gelungen. Ich hatte mich nach und nach in mich selbst verkrochen und tiefes Misstrauen gegen alle Menschen, besonders gegenüber jenen, die mir am Nächsten standen, hatte schleichend meine Seele vergiftet. Darüber war nicht nur meine Freundschaft mit Wolfgang zerbrochen, der sich meine zunehmende Reserviertheit nicht hatte erklären können und sich frustriert zurückgezogen hatte, nachdem alle Versuche gescheitert waren, mit mir darüber ins Gespräch zu kommen. Ich war dazu einfach nicht in der Lage gewesen.

Auch das Verhältnis zu meinen Eltern hatte einen tiefen Riss bekommen. Meine geliebte Mutter wollte ich mit dem Erlebten nicht belasten, wusste ich doch, wie sehr sie an ihrem Bruder hing, dies umso mehr, je schwieriger das Zusammenleben mit meinem Vater wurde. Daher war ich ihr lieber aus dem Weg gegangen, um zu vermeiden, dass sie das Gespräch auf den Onkel brachte. Unser Austausch beschränkte sich, auch wenn es mir in der Seele wehtat, fortan auf das Notwendigste – Essen, Trinken, Kleidung, Schule. Aus den gleichen Gründen hatte ich mich auch schon gescheut, mich meinen Großeltern anzuvertrauen.

Meinem Vater hingegen hatte ich unvorsichtigerweise versucht, mein unaussprechliches Erlebnis mitzuteilen, nachdem mir dieser, als ich nach der einen Woche, die ich im Bett verbracht hatte, wieder ansprechbar war, Vorhaltungen ob meiner Undankbarkeit dem Onkel gegenüber gemacht hatte.

Ich sehe die Szene noch so klar und deutlich vor mir, als wenn ich sie gestern erlebt hätte.

»Du Vater, ich möchte Onkel Georg nicht mehr sehen.«

»Warum?«

»Er hat mir in Altötting wehgetan und mir seinen Pimmel in den Hintern gesteckt.«

Unsicher sah ich an meinem Vater vorbei, während ich ihm dies beichtete. Ich kam mir winzig klein, beschmutzt und schuldig vor. Ich hatte meine Finger so fest ineinander verknotet, dass sie wehtaten. Schweiß rann mir aus jeder Pore. Ich spürte, wie er mir aufs Hemd tropfte und meine Zunge hing mir trocken wie eine Dörrpflaume im Mund, aber es musste raus, irgendeinem musste ich es erzählen und ein Vater war ja schließlich dazu da, dass er seine Kinder beschützte.

Obwohl ich von meinem Vater schon einiges gewohnt war, traf mich was dann kam jedoch völlig unvorbereitet. Brüllend wie ein wild gewordener Stier war mein Vater von seinem Arbeitsplatz in der Werkstatt aufgesprungen, hatte sich den nächstbesten Lederriemen, an denen es in der Schusterei nicht mangelte, gegriffen, war im wahrsten Sinne des Wortes über mich hergefallen und hatte wie von Sinnen unter wüsten Verwünschungen auf mich eingeprügelt.

»Du undankbares räudiges Stück Dreck, du Ausgeburt der Hölle, dir werde ich den Teufel austreiben, der in dich gefahren ist, einen geistlichen Herrn, der dir so viel Gutes getan hat so zu besudeln, na warte!«

Den Teufel hatte er mir wahrlich damit ausgetrieben, dazu noch Gott und den Glauben an das Gute und an die Gerechtigkeit und jeglichen Rest an Vertrauen anderen Menschen gegenüber.

Meine Mutter war zu jenem Zeitpunkt nicht zu Hause gewesen, hatte daher davon nichts mitbekommen und mein Vater hatte über dieses Thema weder mit mir noch mit Mutter jemals wieder gesprochen. Als mich meine Mutter nach ihrer Heimkehr auf die vielen blauen Flecken und Blutergüsse angesprochen hatte, log ich und erzählte ihr, ich sei auf dem obersten Treppenabsatz auf einem nassen Fleck ausgerutscht und die steile Treppe hinuntergestürzt.

Meinem Onkel war ich in all der Zeit aus dem Wege gegangen und hatte, wenn er uns besuchte, was nicht mehr häufig vorkam, peinlichst genau darauf geachtet, nicht mit ihm allein in einem Raum sein zu müssen.

Als dann später meine Eltern beschlossen hatten, mich wegen meiner rapide absinkenden schulischen Leistungen in eine Internatsschule zu schicken, die sich ausgerechnet in der Stadt befand, in der mein Onkel Stadtpfarrer war – ich könne dann bei meinem Paten im Pfarrhaus wohnen und essen, das würde eine Menge Geld sparen, der Onkel wäre auch einverstanden gewesen und hätte sich sehr gefreut – hatte ich gar nicht lange nachdenken müssen und einen unwiderruflichen Entschluss gefasst. Ich musste weg von all dem und zwar so schnell wie möglich.

Ich hatte schon viel von Prag gehört. Es sollte eine schöne Stadt sein. Man erzählte sich von ihr im Dorf und in der Schule wahre Wunderdinge. Man könne dort auch an Sachen kommen, die ließen einen alles Unangenehme vergessen und das Leben schön und heiter werden. Ein Schulkamerad hatte es ausprobiert und war restlos begeistert gewesen.

Die Grenze nach Tschechien war ja nicht weit, Prag nur 200 Kilometer entfernt, und an der Autobahn, die unweit von Waidbuch vorbeiführte, gab es eine Raststätte, an der ständig viele Lastwagen parkten, die auf dem Weg nach Tschechien waren, da würde mich, ich war mir ganz sicher, schon einer mitnehmen können.

An einem Frühsommertag, etwa ein Jahr nach der Wallfahrt nach Altötting, die Wiesen dufteten und waren gelb gesprenkelt von Löwenzahn, die Luft lau und lind, voller letzter verwehender Fliederdüfte und ein blassblauer Himmel spannte sich wie ein duftiges Tuch über meinen Heimatort, habe ich Waidbuch den Rücken gekehrt.

Ich hatte einen Infekt vorgeschützt und mich im Schulsekretariat entschuldigen lassen. Meine Schwestern waren wie üblich zur Schule gegangen, der Vater hatte in der Kirche zu tun und die Mutter war zum Einkaufen in die Kreisstadt gefahren.

Rasch hatte ich ein paar Habseligkeiten, Kleidung zumeist, auch einen Anorak und Pullover in meinen großen Wanderrucksack gepackt, den ich mir letztes Weihnachten gewünscht hatte und meinen Schlafsack darauf geschnallt. Etwas Proviant hatte ich ebenfalls dazu getan, ein paar belegte Wurstbrote und Mineralwasserflaschen, hatte alles an Geld zusammengerafft, das ich zu Hause hatte finden können, nur das meiner Schwestern hatte ich nicht angerührt, auch die geliebte Münzsammlung meines Vaters hatte ich mitgenommen. Ein schlechtes Gewissen hatte ich deswegen nicht bekommen, ganz im Gegenteil, es freute mich, ihm seine Bosheit auf diesem Wege heimzahlen zu können. Meinen Personalausweis hatte ich vorsorglich auch eingesteckt.

Zu Fuß war ich dann losgezogen, die fünf Kilometer zur Autobahnraststätte, die schon von Ferne wegen einer bläulichen Abgaswolke, die über ihr hing und wegen des fernen Nagelns der LKW-Dieselmotoren nicht zu verfehlen war. Dort hatte ich nach einigem Herumfragen einen bulgarischen Lastwagenfahrer, der keine weiteren Fragen stellte, gefunden. Er willigte nach kurzem Zögern ein, mich über die Grenze zu bringen. Da keine eigentlichen Grenzkontrollen mehr durchgeführt wurden – man hatte seit einigen Jahren auf Schleierfahndung umgestellt – gestaltete sich dieses Vorhaben absolut problemlos. In den Westbezirken Prags, im Bereich des ausgedehnten Industriegürtels, der hier entstanden war, ließ mich der Bulgare an einer Raststätte aussteigen.

So war ich nach Prag gekommen.

Zdenka

*E*in fast unmerkliches Rascheln aus östlicher Richtung und ein leises Hecheln kündeten davon, dass Zdenka und Brutus im Anmarsch waren.

Ich hatte Zdenka auf dem Prager Straßenstrich kennengelernt, wo sie sich das Geld für ihre Drogensucht mühselig verdiente und wo ich, nachdem all mein Geld aufgebraucht und Vaters Münzsammlung an einen Antiquitätenhändler verhökert war, ebenfalls gezwungen war, meinen Körper zu verkaufen. Denn auch meine Drogensucht (von Haschisch war ich nach einiger Zeit auf Heroin umgestiegen) musste ja irgendwie finanziert werden. Diesen Rat hatte ich von Karel, meinem Dealer, bekommen, der eine gute Stelle zu nennen wusste, wo zahlungskräftige Freier vornehmlich aus Deutschland nahezu unkontrolliert von der Polizei ständig auf Ausschau nach frischem Fleisch waren. Alles in allem hatte ich dabei noch relatives Glück gehabt, soweit man dies überhaupt so sagen kann und rasch eine Stammkundschaft beisammen, die zunächst wohl von meinem jugendlichen Alter angezogen war, sich später offensichtlich an mich gewohnt hatte und zuletzt ihre Gewohnheiten nicht mehr hatte ändern wollen.

Eines Tages war mir Zdenka aufgefallen. Zitternd wie ein kleiner Vogel stand das Mädchen in seinem kurzen grünen Kleid, der weißen Jacke aus billigem Pelzimitat, den hochha-

ckigen Schuhen, den bestrapsten Strümpfen und den langen verfilzten schwarzen Dreadlocks am Straßenrand und wartete wie ich auf Freier. Es war gerade eben erst Frühling geworden, die Luft am Rande des Parks am Stadtrand von Prag roch nach dieser unbeschreiblichen Mischung aus verrottetem Laub, kürzlich geschmolzenem Schnee und den ersten lieblichen Düften aufblühenden pflanzlichen Lebens. Die letzte raue Kälte des verschwundenen Schnees war bereits in Wettstreit getreten mit feinen Strömen wärmerer Luft, die in dünnen Streifen aus dem Park heraus waberten. Bald würden diese endgültig die Oberhand gewonnen haben. Trotz der Schminke, den dicken Lidstrichen und den getuschten Wimpern erkannte ich sofort, dass das Mädchen vielleicht gerade erst 16 Jahre alt sein konnte. Sie hatte einen mittelgroßen braunweiß gefleckten, schlappohrigen Mischlingshund dabei, der mich mit großen treuherzigen Augen ansah.

Da momentan keine größere Nachfrage herrschte, schlenderte ich langsam zu ihr hinüber und stellte mich neben sie.

»Hey, ich bin Josef und wie heißt Du?«
»Ich cheise Zdenka.«

Sie hatte gleich bemerkt dass ich Deutscher war und unterhielt sich mit mir in leidlich gutem Deutsch mit in meinen Ohren drollig klingendem tschechischem Akzent, der es mir sofort angetan hatte.

»Hast Du einen Zuhälter?«
»Chabe nicht, arbeite ganz für mich alleine.«
»Wie heißt'n Dein Hund?«
»Chund ist Brutus ... wie Römer.«

Zdenka war, wie sich rasch herausstellte, ein pfiffiges Mädchen und erinnerte mich entfernt an meine kleine Schwester Elisabeth. Sie stammte ursprünglich aus Pilsen und war vor ihrem sexuell übergriffigen alkoholkranken Vater nach Prag geflohen und dort auf der Straße gelandet, wo sie seit zwei Jahren lebte und ihren Lebensunterhalt und ihren Drogenkonsum mit dem Geld bestritt, welches sie auf dem Straßenstrich verdiente. In ihrem Handtäschchen hatte sie zu ihrer Sicherheit immer eine Dose Pfefferspray und eine kleine geladene Damenpistole bei sich, die sie auf einem der im tschechisch-deutschen Grenzgebiet allgegenwärtigen Vietnamesen-Märkte erstanden hatte.

Als ein deutsches Auto mit Weidener Kennzeichen neben uns hielt und der am Steuer sitzende distinguierte ältere Herr mit Halbglatze und angegrauten Koteletten Zdenka zu sich herbeiwinkte, bat sie mich auf ihren Hund aufzupassen, bis sie ihr Geschäft zu Ende gebracht hätte. Das würde nicht lange dauern, den Kunden kenne sie schon, dem müsse sie nur einen blasen – »Krieg ich 30 Euro.« Tatsächlich war sie schon bald wieder da – »Mann immer schnell fertig.«

Nachdem sie von ihrem Freier wieder abgesetzt worden war, hatten wir beschlossen, uns in Zukunft zusammen zu tun und aufeinander aufzupassen. Ein Vorteil dabei wäre, dass Brutus dann nicht mehr so oft alleine irgendwo angebunden auf sein Frauchen würde warten müssen. Und nachts könnten wir uns immer zusammen einen Schlafplatz suchen und uns, wenn es kalt wäre, gegenseitig etwas wärmen. Zudem ist es ja ohnehin schöner, nicht alleine zu sein und einen Menschen zu haben, mit dem man reden könne und schon grundsätzlich wäre es besser, wenn ein Mädchen wie Zdenka ihre Nächte nicht ganz alleine in einer so großen Stadt verbringen müsse. Zudem hätte ich, wie ich ihr stolz mitteilte, einen überdachten Schlafplatz in einer alten Lagerhalle, den ich mit Freunden nutzte, da wäre sie sicher auch willkommen, das sei besonders im Winter von unschätzbarem Vorteil.

Nachdem wir uns bereits zwei lange Jahre gekannt und aufeinander aufgepasst hatten, hatten wir das erste Mal miteinander geschlafen. Obwohl ich meinen Körper nun schon seit einiger Zeit an Freier verkaufte, war ich deswegen doch in keiner Weise schwul. Ich hatte lediglich finanzielles aber keinerlei sexuelles Interesse an Männern, sie waren für mich nur Mittel zum Zweck des Geld- und Drogenerwerbs. Ich hatte mit den Jahren gelernt, dies und alles was damit zusammenhing – ihre tierhafte, dampfende, drängende Körperlichkeit, das Stöhnen und Keuchen, die klebrige Feuchte ihres Spermas, die schweißgetränkten Koseworte – von mir und meiner Seele abzuspalten. Es war eine Welt, die zwar vorhanden war, zu der ich aber innerlich nicht gehörte und von der mein innerer Josef durch eine undurchdringliche Wand getrennt war. Da ich jedoch bis dahin die weibliche Sexualität nicht kennengelernt hatte, konnte ich mir darunter nichts vorstellen und wenn doch, hatte ich immer das Bild meines Vaters vor Augen, wie er meiner Mutter Gewalt antat.

Es war ein brütend heißer Sommertag gewesen. Das gesamte öffentliche Leben war in Trägheit erlahmt und auch nachts hatte es nur unwesentlich abgekühlt. Zudem war eine fiebrige Schwüle dazugekommen, die ein baldiges Gewitter ankündigte. Die Geschäfte waren nicht gut gelaufen, beide hatten wir jeweils nur einen Freier gehabt, unangenehme Zeitgenossen zudem, die unsere Dienste für wenig Geld haben wollten und zum Aushandeln des Preises deutlich mehr Zeit benötigten, als für den Akt an sich.

Wir hatten uns beide an der Moldau verabredet, in einem parkähnlichen Grünstreifen, nicht weit vom westlichen Rand der Altstadt entfernt, wo wir uns vornehmlich in den warmen Sommernächten zu treffen pflegten, um dort nach getaner Arbeit abzuhängen, uns gegenseitig Heroin zu spritzen und den Rest der Nacht völlig berauscht und weggetreten nebeneinander liegend zu verbringen.

Nackt lagen wir im feuchtkühlen Gras beieinander, so wie wir es schon oft getan hatten, befächert von einer allenfalls nur ganz leichten Brise, die die nächtliche Hitze nur wenig abkühlend von der nahen Moldau herüber wehte. Mit einer leichten Bewegung drehte sich Zdenka halb zu mir und begann sachte und kaum merklich meinen Penis mit massierenden Bewegungen ihrer rechten Hand zu streicheln. Zunächst war ich wie versteinert, dann ließ ich es bereitwillig mit mir geschehen, nachdem ich einen ersten Fluchtgedanken, der reflexartig in mir aufgeblitzt war, energisch bei Seite geschoben hatte. Ich spürte wie das Blut wohlig elektrisierend in meine Lenden strömte und mein Glied sich aufrichtete. Sie setzte sich auf mich und begann, nachdem ich in sie eingedrungen war, mit langsam kreisenden Bewegungen ihrer Hüften meinen Unterleib zu massieren. Als unser beider Erregung ihren Höhepunkt erreicht hatte, war es mir, als würde ich in ein Meer aus Licht stürzen, aus dem es kein Auftauchen mehr gab.

Das nächste, an das ich mich erinnere war ein krachender Donner und wahre Sturzbäche warmen, prasselnden Regens, die sich über unsere erhitzten Körper ergossen. Wir lagen aneinander geschmiegt im dampfenden Gras und ließen die Sintflut, in die wir geraten waren, bereitwillig über uns ergehen. Machtvoll hatte das Gewitter, das schon den ganzen Tag in der Luft gelegen hatte, eingesetzt.

Gerti war tief beeindruckt. Was für eine Sprache. Der Kerl konnte sich echt gut ausdrücken, der hätte Journalist werden sollen. Herr Meister hätte ihn mit Handkuss genommen. Doch jetzt war Zeit ins Bett zu gehen. Die letzten Zeilen hatten ihr Lust auf ihren Freund gemacht, den sie noch im Schlafzimmer rumoren hörte. Dem würde sie jetzt eine aufregende Überraschung bereiten.

Am nächsten Tag war sie zeitig aufgestanden und mit Herrn Meister nach Regensburg gefahren, da er einen Artikel über eine archäologische Ausgrabung beim Bau eines Altstadthotels machen wollte. Das würde bestimmt ein langer Tag werden und die Lektüre heute Abend würde sie knicken können. So kam es dann auch und Gerti musste sich noch einen Tag gedulden, bevor sie weiterlesen konnte. Dann folgte aber glücklicherweise ein Feiertag, so dass sie vielleicht sogar genügend Zeit haben würde, alles in einem Rutsch durch zu lesen. Ihren Freund würde sie mit ein paar Arbeiten in der Wohnung beschäftigen – es mussten einige Bilder aufgehängt werden und in den Wänden des Neubaus, in dem sie wohnten, hatten sich Senkungsrisse gebildet, die zugespachtelt und dann übermalt werden mussten.

Freier

Ich mochte Willi, ich kann zwar nicht genau sagen, ab wann ich begonnen hatte, ihn zu mögen, aber ich mochte ihn.

Willi war einer der ersten Freier, die meine Dienste in Anspruch genommen hatten, bald nachdem ich begonnen hatte mich feil zu bieten. Eigentlich waren es weniger sexuelle Dienste – diese zwar auch gelegentlich – die Willi einkaufte, mehr war ihm jedoch daran gelegen, jemanden zu haben, mit dem er sich unterhalten und mit dem er auch von Zeit zu Zeit einmal gepflegt essen oder in ein Konzert gehen konnte. Für diese Gelegenheiten brachte Willi sogar immer eine feine Garderobe, Anzug, Hemd, Krawatte und schwarze Lederschuhe für mich im Kofferraum seines Autos mit. Diese gehörten Willis Lebensgefährten, mit dem er seit 30 Jahren zusammen war und der an Alzheimer-Demenz erkrankt war und seitdem von Willi gepflegt und betreut wurde. Dieser hatte ungefähr meine Größe und Statur.

Von Zeit zu Zeit machte Willi eine Pause vom anstrengenden Alltag und fuhr nach Prag, um sich eine kleine Abwechslung zu gönnen. So war er an mich geraten, als ich gerade wieder auf Freier wartete.

Wir verbrachten die Nächte meistens im selben Hotel, wo Willi, nachdem er mich aufgelesen hatte, immer im selben Zimmer abstieg und in dem ich mich, wenn wir miteinander fortgingen, von Josef, dem Wohnsitzlosen, der unter Brücken und in verfallenen Gebäuden schlief, in Josef den feinen Pinkel verwandelte.

Willi war ungefähr 60 Jahre alt, ein gepflegter mittelgroßer Mann mit sorgfältig gestutztem grauen Schnurrbart und grau meliertem, ehemals dunkelbraunem Haar. Er trug eine randlose Brille, die seine Augen kleiner machte, als sie waren, denn er war stark kurzsichtig. Von Beruf war er wohl Richter oder Staatsanwalt, so genau hatte ich es nicht in Erfahrung bringen können, jedenfalls etwas Juristisches. Er war ein intellektueller Feingeist mit geschliffenen Manieren und vielseitigen kulturellen Interessen. Der Umgang mit ihm tat mir ausgesprochen gut, auch profitierte ich ganz außerordentlich von Willis umfassender Bildung und seinen feinen Umgangsformen, so dass ich bei ihm in gleichsam privatem Nachhilfeunterricht lernte, was zu lernen ich wegen meiner frühen Flucht zuhause nicht mehr in der Lage gewesen war.

Eines Tages – es war noch bevor ich Zdenka kennengelernt hatte – hatte Willi die Idee gehabt, mich auf einen Kurzurlaub in die Dolomiten mitzunehmen. Sein Lebensgefährte hatte wegen einer Lungenentzündung in die Klinik eingewiesen werden müssen und es war abzusehen, dass er dort noch eine gute Woche würde bleiben müssen. Willi wusste zwar von meiner Drogensucht – ich schnupfte das Heroin zu diesem Zeitpunkt noch – es war ihm jedoch scheinbar egal. Er hatte meine sporadische Gesellschaft offenbar liebgewonnen und gab mir daher eine erkleckliche Summe Geld, so dass ich mir einen ausreichenden Vorrat Stoff für die geplanten fünf Tage zulegen konnte. Zudem *traute er mir trotz meiner Drogensucht offenbar zu, die eine oder andere Wanderung mit ihm durchzustehen.*

Dann war er zwei Tage später mit einer komplett neuen Wanderbekleidung für mich, sowie Freizeit- und Abendgarderobe wiedergekommen, hatte mich an unserem üblichen Treffpunkt zusteigen lassen und war mit mir in Richtung Italien losgefahren. Vorher hatten wir meinen Drogenvorrat in einem kleinen Fach unter der hinteren Fußablage, welches eigentlich für die Warnwesten gedacht war, die wir darüber legten, verstaut, in der Hoffnung, dass die Schleierfahnder – eigentliche Grenzkontrollen gab es ja nicht mehr – schon nicht auf einen distinguierten Herrn wie Willi aufmerksam werden würden. Willi fuhr einen nagelneuen, superbequemen, silbermetallic-farbenen 5er BMW mit schwarzen Ledersesseln, ach was, er fuhr nicht, er glitt damit leise schnurrend dahin. Er hatte eine CD mit klassischer Musik eingelegt. Smetana, Die Moldau. Ehrfürchtig lauschte ich den erhabenen Klängen mit denen der Komponist den Fluss, den ich schon zu kennen meinte, in ein musikalisches Bild verwandelt und ihm so ein Denkmal gesetzt hatte.

Ich war vorher noch nie in den Bergen gewesen. Meine Eltern waren nie in Urlaub gefahren – mein Vater wollte das nicht – und so war ich in meinem Leben bisher nur nach Altötting und nach Waldsassen gekommen. Als ich auf der Inntalautobahn zum ersten Mal die Alpen sah, fühlte ich eine weihevolle Stimmung in mir aufkommen. Ehrfürchtig tastete mein Blick sich zu den Gipfeln empor, die in unerreichbaren Fernen in dunstigem Licht majestätisch thronten. Wie schön mochte es sein, auf einem dieser Berge zu stehen, die Welt unter sich zu lassen, weit über den ganzen

Freiern, den Drogen und dem ganzen Elend meines bisherigen Lebens.

Das Pustertal, genauer Sexten/Moos war unser Ziel. Willi war, als sein Partner noch gesund gewesen war, ein begeisterter Bergwanderer gewesen. Sie hatten nahezu jeden Urlaub in den Bergen verbracht, dort Hüttentouren unternommen und jeden Gipfel mitgenommen, der für normale Bergwanderer so eben noch machbar war. Umso schlimmer war es für ihn, sich einzugestehen, dass mit der Erkrankung seines Partners diese Zeiten unwiederbringlich verloren waren.

Hinter Franzensfeste verließen wir die Autobahn und folgten der Staatsstraße in Richtung Bruneck, vorbei an Mühlbach und St. Lorenzen, wo wir eine kurze Rast nutzend die 2000 Jahre alte römische Steinsäule links der Straße betrachteten, in der die Entfernungen zu wichtigen Orten des römischen Imperiums eingetragen waren. Schon damals in römischer Zeit war dieses Tal durch eine wichtige Durchgangsroute erschlossen.

Bei Bruneck folgten wir dann der Pustertaler Staatsstraße nach rechts Richtung Sexten und Toblach. Je weiter wir ins Pustertal hineinfuhren, desto beeindruckender wuchsen die Dolomitriffe gen Himmel. Ich kam aus dem Staunen nicht mehr heraus.

Gänzlich die Sprache verschlagen hatte es mir, als wir in der kleinen Pension am Ende des Sextener Ortsteils Moos am Eingang des Fischleintals angekommen waren. Wie von Riesenhand in den Boden gerammte Felsbastionen bildeten die Gipfel der Sextener Sonnenuhr den kulissenartigen Talabschluss. Die Sonne war gerade am Untergehen und sandte ihre letzten flirrenden gelborangen Strahlen fingerartig durch die Zinnen und Scharten und brachte damit die hinter und rechts von uns liegenden Gipfel zum Leuchten. Es war ein Abend voll Zauber und Magie und als Willi mir die Sage von der an ihrer eigenen Gier untergegangenen Königsstadt auf dem Hochplateau der Fanesalpe, die nicht allzu weit entfernt war, erzählte, war ich geneigt, ihm jedes Wort zu glauben.

In den folgenden Tagen wurde ich von Willi mit einer ganzen Reihe der endlosen Sehenswürdigkeiten und landschaftlichen Höhepunkte der Sextener Dolomiten vertraut gemacht. Wir besuchten das grüne Auge des Pragser Wildsees, welches sofort eine unerklärliche ja magische Faszination auf mich ausübte und stiegen von dort bis zur ›Rifugio Biella‹ hinauf, um dort oben einen Blick auf das versunkene Reich der Faniskönigin zu werfen – die von grandioser Gipfelkulisse umstellte Faneshochalpe. Den Gipfel des Seekofel zu besteigen war uns leider aus Zeitmangel nicht vergönnt gewesen.

Wir wanderten das Fischleintal hinauf bis zur Zsigmondy-Hütte, um von dort in weitem Linksbogen das in senkrechte Felsen gehauene schmale seilgesicherte Band des Alpinisteigs zu durchqueren. Dabei passierten wir die beklemmenden Überreste der Dolomitenkämpfe im ersten Weltkrieg, verfallene alte Unterstände, zum Teil noch mit Stacheldraht verhauen, dazwischen herum liegend noch alte Blechdosen aus dieser Zeit, die damals der Verpflegung dienten, gerade so, als hätten die Soldaten den Kriegsschauplatz vor noch nicht allzu langer Zeit erst verlassen. Als wir entlang der Steilwand des Elferkofels und der Sextener Rotwand wieder ins Fischleintal hinabstiegen, war es mir zu meiner Verwunderung, als ob die von der warmen Abendsonne beschienene Felswand wie unter Strom stehend summte. Dann sah ich es: Millionen von Schwebfliegen hatten sich auf den warmen Felsen niedergelassen, um kurz bevor die Kälte der Bergnacht hereinbräche noch letzte Sonnenwärme zu tanken.

Zu Willis großem Erstaunen und meinem nicht geringen Stolz war ich trotz meiner Drogensucht körperlich in der Lage, die doch zum Teil langen und anspruchsvollen Strecken ohne größere Probleme zu bewältigen.

Ein weiterer Besuch führte uns ins Tauferer Ahrntal, vorbei an den alten Kupferbergwerken, in denen früher die Bergleute, oft Kinder noch, in teilweise weniger als mannshohen, manches Mal sogar in Kriechstollen, mit primitiven Hämmern das wertvolle Kupfererz für die fürstlichen Herrschaften aus dem Berg schlugen. Die Lebenserwartung der Bergknappen war dementsprechend niedrig, bei knapp 30 Jahren und die Erfahrungen ihrer Fron waren in einer Christusfigur in der Kirche in Prettau zu Holz geronnen.

Es war ein Leidensmann, ein Mann der Schmerzen und der Qual, der da am Kreuz hing, Urbild der geschändeten und mit Füßen getretenen Kreatur. Sein Körper war mit blutenden Wunden und blauen Blutergüssen übersät, das Fleisch hing ihm in Fetzen herab, Blut floss in Strömen und gerann zu Klumpen, die von Armen und Beinen hingen. Ich war erschüttert. Mein Magen krampfte sich zu einem spürbaren faustgroßen Ball zusammen, mein Mund wurde trocken, mein Kehlkopf hing wie fest getackert im Hals. Mir schossen Tränen des Mitleids und des Entsetzens in die

Augen und ich konnte gerade noch denken ›Das ist mein Heiliger‹ als es um mich herum dunkel wurde und ich ohnmächtig zu Boden sank.

Ich kam wieder zu mir, als mir Willi aus einem kleinen Fläschchen, das er bei Ausflügen und Wanderungen immer bei sich zu haben pflegte, Grappa einflößte.

Am nächsten Tag kehrten wir nach Prag zurück. Das Bild des gekreuzigten Christus in Prettau würde ich bis an mein Lebensende nicht mehr vergessen, da war ich mir ganz sicher.

Willi kam im Folgenden noch zweimal zu einem Treffen nach Prag, jedes Mal bedrückter und trauriger, ohne einen Grund dafür anzugeben, um dann endgültig aus meinem Leben zu verschwinden. Ich hatte seitdem nie mehr wieder etwas von ihm gehört.

Kurze Zeit darauf hatte ich Zdenka kennen gelernt.

Drogen

Es war ein unglaubliches, nicht zu beschreibendes Gefühl. Ich saß mit ein paar Leuten, die ich erst vor kurzem kennengelernt hatte, am Ufer der Moldau im Gras, eine warme Sommersonne schien von einem tiefblauen Himmel und der Fluss plätscherte leise um die Steine der Uferbefestigung herum. Einer hatte einen tragbaren CD-Player mitgebracht und Reggae-Musik eingelegt. Von Karel, der auch mit dabei saß, hatte ich Haschisch zum Ausprobieren und eine einfache durchsichtige Acryl-Bong geschenkt bekommen. Soeben hatte ich meine erste Haschisch-Bong geraucht.

Mir war, als wäre der Himmel plötzlich blauer geworden, die Bläue leuchtender, das Licht der Sonne goldener – ja, ich konnte jeden einzelnen ihrer Strahlen wie ein feines Streicheln auf der Haut spüren. Mir war als spräche der Fluss zu mir und erzählte mir von seinem Weg, den er bis Prag genommen, den Orten und Menschen, an denen er vorbeigekommen und den Schicksalen, die er mit ansehen habe müssen. Die im Hintergrund spielende Musik hörte ich, wie ich noch nie hatte Musik spielen hören, jede Note, jeder Akkord waren fast körperlich fühlbar, ja teilweise meinte ich sogar, die Musik in bunten Farben sehen zu können. Mein eigenes Los und die unglückseligen Ereignisse, vor denen ich erst gestern geflüchtet war, kamen mir mit einem Mal völlig belanglos und in weite Ferne entschwunden vor, angesichts des Glücksgefühls, das mich warm durchströmte und ange-

sichts der jede Faser meines Körpers umfließenden, wohlig kribbelnden Entspannung, der ich mich mit allen Sinnen genießend hingab. Es war also wahr, was man erzählt hatte, es gab diesen Stoff, der einem das verlorene Glück zurück gab, der das erlebte Schreckliche vergessen machen konnte. Und dieses wunderbare Erlebnis hatte ich Karel zu verdanken.

Ich hatte ihn noch am selben Tag getroffen, an dem ich in Prag angekommen war.

Per Anhalter war ich, nachdem der Bulgare mich hatte aussteigen lassen, in die Innenbezirke der Stadt an der Moldau gelangt und hatte staunend wie ein Kind, das ich damals ja im Grunde fast noch war, ziellos die Altstadt mit ihren historischen Mauern und weiten Plätzen durchstreift. Prag erinnerte mich an eine jener Städte aus den Märchen meiner Kindheit, von denen mir mein Onkel vorgelesen hatte, Städte, die ich mir in meiner Phantasie in allen Details nachgebaut hatte. Mit offenem Mund erblickte ich ungezählte Kirchen, sichtlich uralte Gebäude, teilweise wie die Türme von den mittelalterlichen Burgen meiner Phantasie mitten in eine Stadt hineingefallen, die Brücken über die Moldau, allen voran die Karlsbrücke, über deren monumentale Steinbögen sich die Menschenmassen, bewacht von riesigen Heiligenstatuen, ergossen. Vorsichtig und mit heiligem Schauder betrat ich die Karlsbrücke durch den Altstädter Brückenturm, der die Brücke, bewehrt mit Wappen und den Statuen von Kaiser, König und mehreren Heiligen, zur Altstadt hin wie ein Burgeingang beschützte. Ich sah verzaubert hinab zur träge in ewiger Zeitlosigkeit dahinfließenden Moldau und ließ meine Blicke entlang der Ufer über die Stadt hinweg *schweifen. Über allem thronte wie ein König über seinem Gefolge der Hradschin, alles übte vom ersten Moment an eine unerklärliche und geheimnisvolle Faszination auf mich aus.*

Ich hatte die Brücke durch den mit einem von Zinnen besetzten Bogen des Kleinseiter Tores, der zwei Türme miteinander verbindet, verlassen und war durch die Kleinseite entlang stuckverzierter, farbig bemalter mit alten Wirtshaus-Schildern gekennzeichneter Wirtschaften und kleiner Geschäfte mit verschiedenster Kunstware zum Hradschin hoch gewandert. Ich war von dort – nachdem mich die Wucht der dort befindlichen königlichen Paläste und Kirchen beinahe erschlagen hätte – durch das goldene Gässchen geschlendert, das mit seinen fast wie Spielzeughäuschen anmutenden Gebäuden in deutlichem Kontrast zur Burg stand und mich in die heimelige Vorstellungswelt meiner Kindheit zurück katapultierte.

Von den vielen Eindrücken, die an nur diesem einen Tag bereits auf mich eingestürmt waren, ganz erschöpft, war ich schließlich am Kloster Strachov gestrandet, wo ich mir in der dazugehörigen Gartenwirtschaft eine erfrischende Cola gönnte und mit einem atemberaubenden Blick auf das in warmer abendlicher Sonne wie mit Gold übergossene Prag meine neu gewonnene Liebe zu dieser Stadt feierte.

Dort oben, bereits wieder auf dem Rückweg in die Stadt, am Fuße des Schwarzenbergschen Palais hatte mich Karel aufgelesen.

Er war vielleicht 19 Jahre alt, groß und hager, hatte struppiges braunes Haar, eine lange Nase zwischen eng stehenden dunkelbraunen Augen, einen kleinen Mund und auf dem Kinn ein Ziegenbärtchen. Seine Kleidung wirkte abgerissen, er hatte eine fleckige Jeans und einen abgewetzten Armeeparka an. Seine bloßen Füße steckten in abgetretenen Jesuslatschen. Er lungerte augenscheinlich dort herum und sprach mich in leidlich gutem Deutsch an:

»*Du neu hier in Prag!*«

Ich nickte.

»*Du Unterkunft?*«

Ich schüttelte den Kopf.

»*Kann du mit mir kommen, ich wohne mit Kumpels in Lagerhalle gleich dahinten.*«

Er machte eine ungefähre Zeigebewegung in Richtung des Fußes des Strachovberges.

Gemeinsam machten wir uns auf den Weg dorthin, kamen schließlich in ein insgesamt etwas schäbiger wirkendes Viertel und dort – nachdem wir einige vermüllte Hinterhöfe durchquert hatten – zu einer Art von wellblechgedeckter Lagerhalle, die wohl früher zu einem daneben stehenden Supermarkt, der jedoch geschlossen war, gehört haben mochte.

Das Gebäude selbst befand sich in einem Zustand fortschreitenden Verfalls. Der ehedem gelbliche Putz war bis auf wenige Reste weitestgehend abgeblättert, das Dach hatte bereits von außen sichtbare Löcher, einige wenige Fenster hingen mit geborstenen Scheiben schief in ihren Angeln. Nachdem Karel eine verrostete Hintertüre, die sich mit laut vernehmlichen Kreischen nur widerwillig öffnen ließ, mit der Schulter aufgedrückt hatte, befanden wir uns in einem schmutzigen rechteckigen Raum von vielleicht guter Schulzimmergröße, an dessen zweier Wände noch alte verbeulte

Metallregale schief lehnten. Eine weitere Ecke, jene über der das löchrige Blechdach noch intakt war, beherbergte eine Art von Matratzenlager, bestehend aus gut einem halben Dutzend verschlissener speckiger Matratzen, die ihren Weg wohl von irgendeiner Sperrmüllsammlung hierher gefunden hatten. Darauf lagen achtlos hingeworfen mehrere Schlafsäcke sowie ein wildes Durcheinander diversester Kleidungsstücke. Auf den Matratzen lagen ein Junge und ein Mädchen, ähnlich abgerissen gekleidet und etwa in gleichem Alter wie Karel und dösten.

»Julika und Pjotr«, stellte Karel sie mir vor.

»Wie cheißt du eigentlich und warum bist Du chierher, wohl Stress mit den Alten gehabt!«, konstatierte Karel mehr als er fragte. Ich nannte ihm meinen Namen und musste Karels Vermutung bestätigen, ohne dass ich näher ins Detail gehen wollte.

»Geht uns allen so«, stellte Karel trocken fest.

»Chast du schon mal Hasch geraucht?«

Kopfschütteln

»Nein? Dann kriegst du morgen was. Ich bin derjenige, wo weiß wo man gutes cherkriegt.«

Ich war froh, ein, wenn auch schäbiges, Dach über dem Kopf gefunden zu haben und dankbar, Anschluss zu Leuten gewonnen zu haben, die zwar abgerissen, aber nett zu sein schienen und die zudem ganz offensichtlich ein ähnliches Schicksal mit mir verband.

»Kannst du chaben Igors Matratze, ist seit vorgestern in Gefängnis, war so blöd, sich beim Klauen erwischen zu lassen«, wies mir Karel eine der Matratzen zu. Ich räumte Igors Sachen bei Seite und nahm die Matratze in Besitz, indem ich

meinen Schlafsack darauf ausbreitete und meinen Rucksack daneben stellte.

»Musst du etwas aufpassen, wird gerne geklaut chier«, gab mir Karel noch einen freundschaftlichen Hinweis, bevor ich, inzwischen todmüde geworden, in meinen Schlafsack kroch, nicht ohne, diesen Tipp beherzigend, meinen Rucksack zuvor noch ins Fußende des Schlafsacks gestopft zu haben. Binnen kürzester Zeit war ich tief und traumlos eingeschlafen.

Als ich am nächsten Morgen erholt aufgewacht war, lernte ich noch meine weiteren Mitbewohner kennen. Es handelte sich laut Karels Auskunft um eine Frau rumänischer Herkunft, wohl in den Dreißigern, allerdings deutlich älter wirkend mit bereits grauen Strähnen im ansonsten schwarzen Haar und einen etwa zehnjährigen, schmächtigen, kränklich aussehenden Jungen, die nachdem sie aus einem von Albanern betriebenen Bordell nahe Pilsen hatten flüchten können, ebenfalls hier gestrandet waren und jeden Tag von morgens bis abends in den Gassen der Altstadt zum Betteln gingen, um ihren Lebensunterhalt zu bestreiten. Auch sie beide waren ärmlich gekleidet, ihre Kleidung zeugte jedoch, ganz im Gegensatz zu der ihrer Mitbewohner, wenigstens von dem Bemühen, sie halbwegs ordentlich und sauber zu halten. Beide waren sehr in sich gekehrt und schweigsam und kamen nur zum Schlafen in unsere Baracke. In all den Jahren, die ich hier verbracht habe, habe ich vielleicht zehn Sätze mit ihnen gewechselt. Eines Tages waren sie dann fort geblieben und selbst an ihren üblichen Bettelplätzen in der Altstadt nicht mehr auffindbar gewesen.

Karel, Julika, Pjotr und ich hatten vor, uns in einem kleinen Park am Moldauufer mit weiteren Bekannten von Karel zu treffen, wo wir abhängen wollten. Hier sollte ich meine erste Bong rauchen. Unterwegs kamen wir an einem gepflegten Hotel gehobener Mittelklasse vorbei, wo Karel eine Lücke in dem das Anwesen und den zugehörigen kleinen Park umschließenden Zaun wusste. Durch dieses habe man einen Zugang zu den hinter einer überdachten Betonmauer stehenden Abfallbehältern des Hotels. Darin würden sich jeden Tag erstklassige Lebensmittel finden. Man müsste nur eine Zeit abpassen, wo es relativ unwahrscheinlich war, dass Angestellte sich dorthin verirrten. Das wäre während der Essenszeiten und spät am Abend, das hätte er schon herausgefunden. Sicherheitshalber müssten zwei Leute Schmiere stehen und zwei würden auf Beutetour gehen. Momentan wäre Frühstückszeit, da wäre es günstig, Reste vom Abendessen des vorigen Tages zu finden.

Wir hatten Glück und es war genau so, wie Karel es prophezeit hatte. Ich und Julika standen Wache, Karel und Pjotr plünderten die Müllbehälter und kamen mit Brot, Hühnchenfleisch und Obst zurück, das wir in Tüten zum Moldauufer mitnahmen und es uns dort schmecken ließen. Anschließend haben wir die Bong geraucht.

Die nächsten Wochen und Monate vergingen in relativ gleichförmiger Monotonie, die geprägt war von der Suche nach Essbarem, Haschischrauchen, Herumhängen in der Stadt und den sommerlichen Parks, unterbrochen nur von manchmal tageweisem, gelegentlich auch wochenlangem Wegbleiben einzelner Mitbewohner, die, wenn sie dann wieder auftauchten, kein Wort darüber verloren, wo sie ihre Zeit verbracht hatten.

Ich hatte mich rasch an das tägliche Haschischrauchen gewöhnt, Karel war sozusagen mein Freund und Dealer in einer Person geworden, der, nachdem mein Bargeld aufgebraucht war, mir auch dabei geholfen hatte, Vaters Münzsammlung los zu schlagen.

Dazu waren wir eines Tages in eines jener winzigen Antiquitätengeschäfte der Kleinseite gegangen, wo uns der Besitzer, ein kleiner beleibter Tscheche mit Kugelbauch und grauem Haarkränzchen auf sonst kahlem Kopf sofort in ein Hinterzimmer gebeten hatte, wo er die Münzen begutachten wollte. Das Auffälligste an diesem Händler waren die kleinen flinken Äuglein, die ruhelos umher wanderten, als wittere ihr Besitzer hinter jeder Ecke Unheil und eine hohe Fistelstimme, die – hätte man die Augen geschlossen gehabt – auch jeder beleibten Matrone zur Ehre gereicht hätte. Nach endlos scheinenden Inspektionen jeder einzelnen Münze mit einer dickglasigen Lupe, die das untersuchende Schweinsäuglein plötzlich riesengroß erscheinen ließ und dem Geschäftsmann ein unheimliches Aussehen verlieh, nannte er auf Tschechisch einen Preis, mit dem Karel jedoch nicht zufrieden zu sein schien, fingen beide doch an, mit sich überschlagenden Stimmen zu streiten, so dass mir ganz bange wurde, das Ganze würde noch in eine handfeste Rauferei ausarten. Das tat es dann doch nicht, man einigte sich und ich verließ das Geschäft mit einem dicken Bündel Kronen, welches mir den Drogennachschub für ein halbes Jahr wohl sichern sollte. Karel hatte vom Händler ebenfalls noch einige Scheine Vermittlungsprovision erhalten.

Mittlerweile war es Winter geworden. Ich hatte großes Glück gehabt, diese Lagerhalle gefunden zu haben und hier an einem wenigstens halbwegs geschützten und trockenen Plätzchen – unter die Löcher im Dach hatten wir alte Eimer, die wir an Baustellen hatten mitgehen lassen, gestellt – überwintern zu können. Denn die Winter in der tschechischen Hauptstadt waren hart und lang und die örtlichen Behörden hatten zudem keinerlei Interesse daran, dass sich Obdachlose an beheizten öffentlichen Plätzen und in Bussen, wohin sie sich gern zum Aufwärmen begaben, aufhielten. Die staatlichen Behörden griffen hier rigoros durch, so dass jeden Winter in Prag eine ganze Anzahl Wohnsitzloser erfroren aufgefunden wurde. Die wenigen caritativen Einrichtungen, die sich dieses Problems angenommen hatten, konnten bei geschätzt 5.000 Obdachlosen nur viel zu wenige Übernachtungsplätze anbieten, so dass deren Einsatz nur ein Tropfen auf einem heißen Stein sein konnte.

Ich hatte es mir angewöhnt, mich winters relativ viel in Kirchen, namentlich in Barockkirchen, herum zu drücken, zog mich doch immer noch deren feierliche Pracht und überbordende Ornamentik an. Auch weckte der feine Weihrauchduft, der unauslöschlich in ihnen hing, Erinnerungen an ferne glückliche Kindertage. Besonders lieb geworden war mir dabei die Kirche Maria vom Siege mit dem Prager Jesulein, die von Karmeliten des angeschlossenen Klosters betreut wurde und die es tolerierten, dass ich mich in dunklen geschützten Ecken ihrer Kirche aufhielt – ja, mir gelegentlich sogar die Möglichkeit gaben, mich in den beheizten Klosterräumen etwas aufzuwärmen. Sogar eine warme Suppe fiel ab und an für mich ab. Dies war mein Geheimnis, das ich mit keinem meiner neuen Freunde teilte. Dazu kam erfreulicherweise noch, dass die Kirche so gar nicht weit von unserem Unterschlupf entfernt gelegen war.

Als der Winter vorbei war, waren auch mit meinen finanziellen Reserven aufgebraucht, so dass ich nicht mehr wusste, wie ich Karel meine täglichen Haschisch-Rationen bezahlen sollte, von denen ich zu meinem großen Kummer immer mehr benötigte. Zudem hatte ich angefangen, zum Haschisch auch noch Tabletten zu nehmen, so eine Art Psychopillen, wie Karel sie mir anpries, die dessen Wirkung noch verstärken sollten, aber erheblich ins Geld gingen. Doch auch hier wusste Karel Rat. Ich solle es so machen, wie sie alle hier: es gäbe viele Männer, die ein sexuelles Abenteuer mit Knaben und jungen Männern suchen würden und auch bereit wären, dafür ordentlich zu bezahlen, man dürfe sich nur nicht überall anbieten.

»*Nicht Bahnhof, ist zu gefährlich. Kenne kleinen Park, mehr Stadtrand, nicht weit von Moldau, da kannst du gut Geld verdienen, Freier sind ganz nett, gewöhnst du dich an alles, ist nicht so schlimm.*«

Ich muss ihn in diesem Augenblick angesehen haben, wie ein Wesen von einem fremden Stern. Allein schon der Gedanke an das Erlebnis mit meinem Onkel und daran, Ähnliches erneut über mich ergehen lassen zu müssen, überstieg meine Vorstellungskraft und bereitete mir nicht nur seelische Pein, riss es doch die alten Wunden wieder auf, sondern regelrecht körperliche Schmerzen, wie ein fernes Echo des Erlebten. Ich beschloss daher, den Drogenkonsum einzustellen.

Nach sieben Tagen war ich bereits an Leib und Seele so zermürbt, dass es mir einerlei war, was mit meinem Körper geschehen würde, Hauptsache ich würde wieder an meine geliebten Drogen kommen. Zunächst hatte sich eine zunehmende Nervosität und Unruhe, verbunden mit einer stetig wachsenden, beängstigenden Aggressivität gegen mich und andere eingestellt, eine Aggressivität, die ich von mir so gar nicht kannte, und die soweit ging, dass ich mich mit einem Messer sogar selbst am Arm verletzte, um mich meiner selbst zu vergewissern. Dazu war noch eine andauernde Übelkeit gekommen, verbunden mit anfallsartigem Erbrechen und nahezu unkontrollierbarem Durchfall. Nachdem die aggressive Phase nach ein paar wenigen Tagen vorbei war, kamen lähmende, mich innerlich versteinernde, unbeschreibliche Ängste, die mir jeglichen Antrieb nahmen und mich tagelang teilnahmslos auf meiner Matratze herumsitzen ließen. Ich beschloss, dass dies kein Leben sei und willigte schließlich ein, es mit den Freiern Probe halber auf einen Versuch ankommen zu lassen und ließ mich von Karel zu dem kleinen Park am Rand der Stadt bringen.

Das erste Mal war fürchterlich. Ich hatte mir auf Karels Rat hin zwar die doppelte Menge Psychopillen eingeworfen, dazu noch reichlich Wodka getrunken, so dass ich kaum mitbekam, wie mir geschah, der Freier war jedoch ein grober, nach Schweiß stinkender, dicklicher, rothäutiger Kerl, ein Sachse, der – das war das einzig Gute daran – rasch zur Sache kam und auch rasch befriedigt war. Er hatte mich in eine öffentliche Toilette am Rand des Parks bugsiert, wo er, nachdem ich ihn, ganz so wie Karel es mir geraten hatte, vorher abkassiert hatte, den Akt vollzog. Das Schlimmste für mich war nicht die Sache an sich – er benutzte Kondom und Gleitgel – sondern die alten Wunden, die dadurch aufgerissen wurden. So hatte ich während des gesamten Akts nicht den Freier, sondern meinen Onkel vor Augen, vielmehr seine hässliche Fratze, die er mir geoffenbart hatte, gerade so, als würde dieser mein Vertrauen ein zweites Mal missbrauchen. Ich war froh, als es vorbei war.

Gott sei Dank waren nicht alle Freier so und das erste Mal wegen dieser Erinnerung tatsächlich am Schlimmsten, so dass ich mich letztendlich unerwartet rasch an diese Art des Gelderwerbs gewöhnte und in erster Linie froh war, wieder Geld zu haben, um an mein Haschisch und meine Pillen zu kommen. Auch körperlich und seelisch war es mit mir dadurch rasch wieder bergauf gegangen.

Nach relativ kurzer Zeit schon musste ich jedoch erneut feststellen, dass der schöne Effekt des Haschisch trotz der zusätzlichen Pillen und immer häufigeren Genusses immer schwächer wurde und dass ich immer seltener auf meine Kosten, die schon jetzt relativ hoch waren, und zu dem ersehnten Kick kam. Nachdem ich mit Karel darüber gesprochen hatte, meinte dieser, ich könne es doch einmal mit Heroin versuchen, das könne man als Pulver schnupfen oder sich in die Vene spritzen, da wirke es noch schneller. Das Zeug sei echt gut, viel besser als Gras, er selbst nähme es bereits seit einigen Monaten und in der Tat war mir schon aufgefallen, dass Karel angefangen hatte zu schnupfen.

Ich wollte es, neugierig geworden, daher ebenfalls einmal ausprobieren und bekam von Karel ein kleines Probepäckchen weißlichen Pulvers geschenkt. Man müsse davon ein kleines Häufchen auf einer glatten Unterlage anrichten und mit Hilfe eines dicken Strohhalms, den man bei McDonalds beispielsweise häufig auch im Müll finden könne und nur in kurze Stücke zu schneiden brauche, in die Nase ziehen.

Der Effekt war wahrlich erstaunlich. Ich fühlte eine absolute Ruhe und Entspannung in mir aufsteigen und ein starkes Glücksgefühl breitete sich in jede Faser meines Körpers aus. Die Vorstellung mich für Geld verkaufen zu müssen, die mir zwar zur Gewohnheit geworden war, mir jedoch immer noch ein dumpfes inneres Unbehagen bereitet hatte, erschien mir mit einem Male völlig belanglos, unproblematisch, ein Akt wie Essen oder Trinken oder die Notdurft zu verrichten.

Von Zeit zu Zeit waren wir auch auf Diebestour gegangen, wenn es mit den Freiern einmal nicht so gut lief. Pjotr hatte sich auf Taschendiebstähle an den touristischen Schwerpunkten Prags spezialisiert, Julika stahl in Kaufhäusern bevorzugt Kosmetika und Schmuck, die sie dann an fliegende Hehler vorwiegend in Bahnhofsnähe weiterverkaufte und Karel und ich hatten uns Autos vorgenommen. Hatten wir diese zunächst nur aufgebrochen, um darin liegende Wertgegenstände, Radios, Navigationsgeräte und CD-Player mitgehen zu lassen, so entwickelten wir nach und nach ein beachtliches Können darin, Autos bevorzugt älteren Baujahrs schonend zu öffnen, diese kurzzuschließen und an einen Abnehmer am Stadtrand Prags zu verkaufen. Dabei handelte es sich um eine kleine Autowerkstätte, wo die Fahrzeuge umlackiert und umgewidmet wurden. Bei dieser Gelegenheit lernte ich von Karel das Autofahren, da die Fahrzeuge ja irgendwie dorthin gebracht werden mussten und dort, am Rande Prags auf den großen Parkplätzen in den Industriegürteln, reichlich Platz war, derlei Fertigkeiten ausgiebig zu üben.

Je länger ich das Heroin nahm, umso mehr gingen meine Tage in gleichgültiger ja dumpfer Trägheit dahin. Ich empfand weder Angenehmes noch Unangenehmes, war abgestumpft gegen jede Art von Empfindung geworden. Unterbrochen wurde dieses zähe Dahinfließen meines Lebens nur von der ständig wie ein Raubtier lauernden Notwendigkeit, Geld für den nicht enden sollenden Nachschub heran schaffen zu müssen, da, das hatte ich bald schon feststellen dürfen, ein Absinken des Heroinspiegels unangenehme und quälende Nebenwirkungen zu haben schien. Um das erworbene Heroin nicht zu vergeuden und zu einer schnelleren Wirkung zu gelangen, hatte ich nach einigen Monaten des Schnupfens auf Spritzen umgestellt, wobei es mir anfangs recht schwer gefallen war, mir selbst die Spritzen zu verabreichen. Mit der tätigen Mithilfe von Karel und Pjotr hatte ich diese Scheu allerdings rasch überwunden, so dass dies für mich bald keine Schwierigkeit mehr dargestellt hatte. Die Zubereitung des injizierbaren Heroins aus dem Pulver hatten sie mir ebenfalls schnell beigebracht, ich erwies mich in diesen Dingen als äußerst gelehriger Schüler.

Pjotr hatte im Übrigen anlässlich eines Klinikaufenthaltes wegen eines üblen Abszesses am linken Arm einen unbeobachteten Moment dazu genutzt, eine größere Menge Spritzen und Kanülen in seinem Rucksack verschwinden zu lassen. Die Beute hatten wir dann in unserem Lager brüderlich geteilt, so dass jeder einen ganzen Vorrat eigenen Bestecks besaß. Dies sei sehr praktisch meinte Karel ganz beiläufig, da man das Risiko, sich mit einer Krankheit anzu-

stecken doch deutlich verringern würde. *Auf meine überraschte Nachfrage, was sie damit meinten, erzählten sie mir von AIDS und Hepatitis und dass jeder von ihnen mindestens einen kannte, der sich über die Spritzen mit mindestens einer dieser Erkrankungen angesteckt hatte.*

Julika war zudem seit einiger Zeit spurlos verschwunden, weder Pjotr noch wir anderen wussten, wo sie abgeblieben war. Sie war eines Nachts, nachdem sie zu einem Freier ins Auto gestiegen war, einfach nicht wieder gekommen. Nachdem wir einige Tage lang immer wieder die Plätze abgesucht hatten, an denen sie sich üblicherweise aufgehalten hatte, hatten wir es schließlich aufgegeben, weiter nach ihr zu suchen. Nach vielen Wochen kam Karel schließlich eines Tages mit einer alten Zeitung an, die er achtlos hingeworfen irgendwo gefunden hatte, darin war Julikas Bild mit der Nachricht, dass eine unbekannte Frau aufgefunden worden war, und wohl an einer Überdosis Heroin gestorben sei.

Dies sowie die Tatsache, dass Zdenka – mit der ich seit einiger Zeit zusammen war und die in unsere Lagerhalle mit eingezogen war – zunehmend kränker wurde und verfiel und der Umstand, dass eines Tages, als wir am Abend zurück zu unserem Unterschlupf gekommen waren, Bagger aufgefahren waren, die bereits begonnen hatten, das Gebäude einzureißen, ließen in mir den endgültigen Entschluss reifen, zusammen mit Zdenka einen Drogenentzug zu wagen.

Donnerwetter, der Junge hatte ganz schön was mitgemacht. Sie, die in einem geborgenen Elternhaus aufgewachsen war, einen netten Freund und eine feste Wohnung hatte, konnte sich gar nicht vorstellen, wie es sein musste, als Fünfzehnjähriger mutterseelenallein in einer so großen Stadt wie Prag zu stranden und dort auch noch zu überleben. Ihre Bewunderung für diesen Josef wuchs mit jeder Seite, die sie las. Doch jetzt musste sie sich die Beine vertreten und mit ihrem Freund eine Runde spazieren gehen und danach brauchte sie einen starken Kaffee. Dann würde sie weiterlesen. Ihr Freund traf sich mit seinen Kumpels zum Fußball schauen, Bayern München spielte, sie würde Zeit haben.

Entzug

Mit Zdenka war es immer schlechter geworden, vor allem seitdem sie dieses neue Zeug nahm, weiße Kristalle, die ihr von Karel unter dem Namen Crystal-Pervitin angeboten worden waren. War sie schon immer eher klein und zierlich gewesen, so wurde sie jetzt mager, ja regelrecht durchsichtig. Die Knochen standen unter der Haut spitz ab, eine ungesunde gelbe Blässe war ihr ins Gesicht getreten, die sie auch mit noch so viel Schminke nicht überdecken konnte. Ein schorfiger Ausschlag bedeckte ihren Körper, die Haare gingen ihr in Büscheln aus, so dass sie sich die Dreadlocks abgeschnitten hatte und die Haare raspelkurz trug. Immer wieder hatte sie Bindehautentzündungen an den Augen und schmerzende offene Stellen im Mund. Sie hatte fast keinen Appetit mehr, trank nur ab und an eine Kleinigkeit. Lediglich ihr Drogenbedarf hatte sich nach und nach gesteigert, so dass ich es schließlich mit der Angst zu tun bekam, ihr würde es ähnlich ergehen wie Julika.

Wir hatten mittlerweile vier leidlich gute Jahre miteinander verbracht, zwei, in denen wir aufeinander Acht gegeben hatten, zwei als Liebespaar. Ich war jetzt zweiundzwanzig Jahre alt, Zdenka knappe zwanzig. Die meiste Zeit hatten wir, vor allem bei Kälte, schlechtem Wetter und im Winter, gemeinsam mit den anderen und Zdenkas Hund Brutus, der vor zwei Monaten an Altersschwäche gestorben war, in unserer Lagerhalle gelebt. Jetzt, ausgerechnet vor Wintereinbruch, war diese abgerissen worden. Ich hatte Panik,

Zdenka würde einen Winter im Freien nicht überleben und hatte ohnehin bereits den Entschluss gefasst, dass ich und Zdenka einen Entzug wagen sollten, um endlich von der uns beide nach und nach ganz offensichtlich zerstörenden Drogensucht los zu kommen.

Da ich schon gehört hatte, dass ein Heroinentzug eine fürchterliche und dabei auch lebensgefährliche Tortur wäre und ich in keinster Weise wusste, an wen ich mich in meiner Not hätte wenden sollen, ging ich mit Zdenka in die mir gut bekannte Kirche Maria vom Siege und wandte mich an Pater Nicodemo, der mir von den Suppenspenden, die er mir gelegentlich hatte zukommen lassen, schon bekannt war und zu dem ich als einen der wenigen Menschen Vertrauen gefasst hatte.

Pater Nicodemo hatte Touristendienst wie er es nannte und verkaufte kleine Bastelarbeiten an Besucher der Klosterkirche, um mit diesem Geld die Missionsarbeit seiner Brüder im Ausland zu unterstützen. Er war ein italienischstämmiger, immer fröhlicher Kartäusermönch mit nahezu kahl rasiertem Kopf und einer angenehmen sonoren Stimme. Seine freundlichen Augen lachten aus einem von vielen Fältchen verknittertem Gesicht, er war lange als Missionar in den Tropen gewesen.

»Na Guiseppino mein Junge, brauch ihr Suppe? Iche habe heute fantastica Minestrone.«

»Danke, sehr gerne, aber ich brauche heute auch Deine Hilfe. Meine Freundin ist krank und wir möchten beide einen Heroinentzug machen.«

»*Padre Pio*«, *Nicodemo schlug die Hände über dem Kopf zusammen*, »*iche bin doch keine Dottore, komme mit, muss ich telefoniere, esse bis dahin Minestrone.*«

Sprach es, brachte uns in den Speisesaal seines Konvents und verschwand, nachdem man uns jeweils einen ordentlichen Teller Minestrone aufgetischt hatte, gestikulierend und händeringend hinter einer der vielen Türen, die aus dem holzgetäfelten Speisesaal hinausführten.

Nach etwa dreißig Minuten erschien er wieder, ein verschwörerisches Lächeln im Gesicht:

»*Habe ich beste Adresse für Euch, amico mio, Dottore Mihal, Hospitale dell universita, specialisti für Drogen, könne gleich kommen, Kosten nullo Problemo, zahle Orden und Caritas.*«

Noch ehe Zdenka und ich Zeit gehabt hatten, das Gehörte zu verdauen, saßen wir schon im Auto von Tomas, des Hausmeisters des Ordens und wurden von diesem zu einem imposanten, hochmodernen zehnstöckigen blauen Gebäude auf einer Anhöhe über Prag gebracht. Dies war ganz offensichtlich die Universitätsklinik, wo Dr. Mihal, der Bekannte von Pater Nicodemo in der Suchtstation der psychiatrischen Klinik arbeitete.

Wir wurden dort schon von einer Schwester und einem Pfleger erwartet – Nicodemo hatte ganze Arbeit geleistet – und von der großen zugigen Eingangshalle über die stationäre Aufnahme in die psychiatrische Abteilung gebracht, wo man unsere Habseligkeiten in Verwahrung nahm und uns dann jeweils auf die Frauen- und die Männerstation verbrachte. Bevor wir auseinander gingen, fiel mir Zdenka taumelnd um den Hals und klammerte sich wie eine Ertrinken-

de an mich, so sehr, dass es weh tat, während sie mich leidenschaftlich küsste. Ich musste ihr hoch und heilig versprechen, während des Entzugs und danach fest an sie zu denken und den Entzug komme, was da wolle, keinesfalls abzubrechen. Ich hatte den beunruhigenden, ja direkt gespenstischen Eindruck eines Abschiedes für immer und in der Tat sollte dies das letzte Mal gewesen sein, dass ich sie lebend gesehen habe.

Nachdem man mir meine zerschlissene und verdreckte Kleidung abgenommen hatte, steckte man mich in eine Badewanne und ich wurde unter kräftiger Mithilfe eines muskelbepackten, freundlichen aber bestimmten Pflegers von Kopf bis Fuß abgeschrubbt. Sauber und duftend wie schon seit Ewigkeiten nicht mehr, erhielt ich frische Unterwäsche und einen neuen schwarzen Trainingsanzug – Pater Nicodemo ließ grüßen – bevor ich zu den ärztlichen Untersuchungen abgeholt wurde.

Im Behandlungszimmer erwartete mich schon besagter Dr. Mihal. Der hoch gewachsene, hagere dunkelhaarige Arzt begrüßte mich freundlich mit angenehmer, Vertrauen erweckender Stimme. Er war mir mit seiner zurückhaltenden, gleichzeitig zugewandten Art auf Anhieb sympathisch. Er würde uns helfen können, da war ich mir ganz sicher. Danach hatte ich ihm eine ganze Reihe von Fragen zu beantworten, die alle in erster Linie mit meiner Drogensucht zu tun hatten. Seit wann ich welche Drogen nähme, wie ich sie eingenommen habe, woher ich sie bezogen habe, wie ich an das Geld für die Drogen gekommen sei und vieles andere mehr. Nach den vielen Jahren in Prag hatte ich schon leidlich tschechisch gelernt, so dass ich dem Arzt gut folgen und *ihm seine Fragen auch auf Tschechisch beantworten konnte. Anschließend wurde noch Blut abgenommen und danach setzte mir Dr. Mihal auseinander, welche verschiedenen Möglichkeiten eines Drogenentzuges es gäbe.*

Da wäre der kalte Entzug ohne weitere medikamentöse Hilfsmittel, äußerst unangenehm die ersten paar Tage, aber relativ wirksam und vielleicht auch lehrreich insofern, dass wer diesen durchgemacht hätte, möglicherweise nicht mehr so leicht rückfällig würde, da er diese Tortur kein zweites Mal durchstehen wolle. Man würde von Seiten der Klinik mit Medikamenten lediglich symptomatisch eingreifen, um die schwersten Symptome wenigstens teilweise zu lindern.

Dann gäbe es den Entzug unter einer Art von Schlafnarkose, man befände sich während der Zeit des Entzuges in einer Art von Dauerschlaf für etwa 1-2 Tage, dann hätte man die gröbsten Nebenwirkungen hinter sich, die lebenswichtigen Funktionen würden während dieser Zeit kontinuierlich überwacht und bei Bedarf würde mit weiteren Medikamenten eingeschritten. Danach wäre eine weitere Behandlung mit Tabletten, die eine gegenteilige Wirkung zum Heroin hätten, für einen Zeitraum von etwa 6 Monaten erforderlich. Problem wäre in diesem Fall die Narkose, unter der es unter Umständen zu Unverträglichkeitserscheinungen, Problemen beim Aufwachen und anderem kommen könne.

Eine dritte Möglichkeit des Entzuges, die langwierigste, wäre, das Heroin durch eine andere ähnlich wirkende Droge, das Methadon, zu ersetzen und deren Gebrauch langsam zu reduzieren, was aber nicht in jedem Falle funktioniere und daher sehr häufig zum Ersatz einer Abhängigkeit durch eine andere führe.

In allen Fällen wäre eine weitere Betreuung durch einen Psychologen oder Psychotherapeuten anzuraten, um das Risiko eines erneuten Rückfalls so gering, wie irgend möglich zu halten.

Im Anschluss daran wurden bei mir noch eine ganze Reihe von Untersuchungen durchgeführt: Ultraschall, Röntgenaufnahmen, EKG und eine allgemein körperliche Untersuchung. Mit deren Ergebnis war Dr. Mihal zufrieden. Wenn die Laborwerte ebenfalls in Ordnung wären, könne ich mich abschließend entscheiden, wie vorgegangen werden solle.

Nachdem auch von dieser Seite grünes Licht gegeben worden war – eine Infektion hatte ich mir Gott Lob bisher nicht eingehandelt – teilte ich Dr. Mihal meinen Entschluss mit, es mit einem Narkose-Entzug versuchen zu wollen. Daraufhin hatte ich noch ein Gespräch mit einem Narkosearzt, der mir das Vorgehen bei der Narkose und deren mögliche Komplikationen ausführlich – für meinen Geschmack fast beängstigend ausführlich – erläuterte und mich eine schriftliche Einverständniserklärung unterschreiben ließ.

Man brachte mich anschließend auf die Intensivstation, mir wurde ein Blasenkatheter geschoben, was sehr unangenehm war, und eine Infusionsnadel gelegt. Anschließend bekam ich durch diese eine Spritze verabreicht, woraufhin sich eine bleierne, nicht unangenehme Müdigkeit in meinem Körper ausbreitete.

Das nächste, an das ich mich erinnerte war, dass jemand versuchte mich aufzuwecken und mich dabei schüttelte und immer wieder »Josef, Josef« rief. Wie von einer weiten Reise in ein fernes Land kehrten mein Bewusstsein und mein Körpergefühl langsam wieder zurück, um sogleich festzustellen, dass ich wohl in den letzten zwei Tagen körperliche Höchstleistungen vollbracht haben musste, denn mir schmerzten alle Glieder wie bei einem schweren Muskelkater. Zudem schien ich mir eine Art von Schnupfen eingefangen zu haben, denn mir tränten die Augen und der Rotz lief mir nur so aus der Nase. In meinem Bauch grummelte es, als würden sich darin tausend Würmer wälzen und mir war speiübel. Verschwommen sah ich eine weiße Gestalt, die sich über mein Bett beugte, ›Scheiße‹, dachte ich ›jetzt bin ich tot und im Himmel.‹ Doch als ich etwas klarer sehen konnte, erkannte ich Dr. Mihal, der sich freundlich lächelnd nach meinem Befinden erkundigte. Nachdem ich ihm meine Beschwerden geschildert hatte, bekam ich noch einmal eine Spritze, woraufhin diese nachließen, ich jedoch wieder müde wurde und einschlief.

Als ich erneut erwachte, ging es mir deutlich besser. Die Beschwerden waren weitgehend abgeklungen. Ich fühlte mich lediglich noch etwas abgeschlagen, empfand aber eine tiefe Traurigkeit in mir, als wenn etwas Schreckliches geschehen wäre.

Meine allererste Frage galt Zdenka, als Dr. Mihal erneut zur Visite an meinem Bett erschien. Nein, er wisse nicht, was aus ihr geworden sei, Dr. Mihal schüttelte betrübt seinen Kopf. Sie habe – nachdem sie erfahren hatte, dass sie auf Grund einer Hepatitis kurz vor einem Leberversagen stehe – unverzüglich auf eigene Verantwortung hin die Klinik verlassen. Jegliche Versuche, sie zum Bleiben zu bewegen seien zwecklos geblieben. Vielleicht hing diese Flucht mit einem unangenehmen Erlebnis in einer Pilsener Klinik zusammen, von dem sie mir einmal dunkel berichtet hatte, ohne nähere

Details zu erwähnen. Aber warum war sie dann überhaupt mit mir mitgegangen? Wollte sie dass ich den Entzug machte, und hatte von vorneherein vorgehabt, zu verschwinden, sobald sie wusste, dass ich in Dr. Mihals Obhut war? Ich wusste es nicht und werde es auch nicht mehr erfahren.

Daraufhin verlangte ich ebenfalls meine unverzügliche Entlassung, die mir allerdings nur unter strengen Ermahnungen und mit der Maßgabe gewährt wurde, dass ich noch einen Tag zur Überwachung in der Klinik bleiben müsse, dass ich von den Tabletten, die man mir mitgäbe, täglich eine einnehmen müsse und dass ich mich unverzüglich nach der Entlassung bei Pater Nicodemo melden solle.

Geplagt von dunklen Vorahnungen, voller Angst und Unruhe verbrachte ich den einen Tag und die eine Nacht noch in der Klinik. An Schlaf war nicht zu denken, schweißgebadet wälzte ich mich in meinem Bett hin und her, stand dann wieder auf und wanderte ruhelos über die Gänge, nur um mich dann wieder hinzulegen und kurze Zeit später vor den Alpträumen, die mich quälten, wieder zu flüchten. So ging es die ganze Nacht. Endlich kam in der Früh Dr. Mihal, gab mir einen Brief an Pater Nicodemo mit, dazu eine Großpackung Tabletten, meinen sauber gewaschenen Rucksack und ordentliche Kleidung, die das Kloster gespendet hatte. Er bat mich eindringlich, nicht wieder rückfällig zu werden, die psychologische Hilfe, zu der mich Pater Nicodemo schicken würde, anzunehmen und jeden Tag meine Medizin zu nehmen.

Ich jedoch fand kaum mehr Zeit ihm zuzuhören, ich war mit meinen Gedanken ständig bei Zdenka, die ich unter allen Umständen finden musste. Wo könnte sie bloß sein? Wie würde es ihr gehen? Ich bedankte mich fahrig bei Dr. Mihal für dessen Mühe, stopfte die Tabletten hastig in meinen Rucksack und hatte es eilig, die Klinik zu verlassen, um mich unverzüglich auf die Suche nach Zdenka zu begeben.

Draußen erwartete mich ein klirrend kalter Frühwintertag. Während der paar Tage, die ich im Krankenhaus verbracht hatte, hatte sich der Herbst endgültig verabschiedet und es war, ungewöhnlich für Anfang November, schlagartig Winter geworden. Die Temperaturen waren auch tagsüber in den Frostbereich gefallen und vor allen Gesichtern und hinter allen Autos hingen weiße Wölkchen. Über Prag und speziell der Moldau lag eine dunstige Haube, auf die ich von oben hinab blickte. Die Vegetation war im Frost erstarrt, Bäume, Gras, die Häuser, Straßen und Autos waren von einer hauchfeinen glitzernden Reifschicht überzogen. Rastlos, atemlos, ohne einen Blick für die Schönheiten der vom Frost überzuckerten Stadt, machte ich mich auf den Weg von der Anhöhe, auf der die Klinik lag, hinunter in die zur morgendlichen Betriebsamkeit erwachende Stadt.

Wie ein gehetztes Tier strich ich ziellos durch die kalten, nun gar nicht mehr so heimeligen Gassen und Plätze der Stadt, die Sinne auf Äußerste angespannt. Ein paar Mal schon hatten sie mir einen Streich gespielt und ich hatte voller Hoffnung wildfremde junge Mädchen angesprochen, in der Meinung, Zdenka würde es sein, die da vor mir oder auf der anderen Straßenseite dahin ging.

Mein erster Weg hatte mich zur Lagerhalle geführt, in der Hoffnung, in der Umgebung einen meiner alten Freunde anzutreffen und von diesen Informationen zu Zdenkas Verbleib zu erhalten. Doch das Gebäude war bereits komplett abgerissen und das Gelände eingeebnet. Es wartete offenbar nur darauf, im nächsten Frühjahr neu bebaut zu werden. Von meinen Bekannten war indes weit und breit keine Spur zu finden.

Danach zog ich meine Kreise, jetzt systematischer vorgehend, immer weiter, ausgehend von der Altstadt über die Kleinseite, erweiterte sie in die Außenbereiche der Stadt, ging alle unsere Orte ab, an denen wir uns aufgehalten hatten, suchte den Park auf, an dessen Rand wir auf Freier gewartet hatten, und gelangte schließlich im Bereich der Außenbezirke Prags zu der Moldaubrücke, unter der wir gelegentlich genächtigt hatten. Dort fand ich sie.

Sie lag am Ufer der Moldau, ihr Gesicht weiß wie Schnee, in starkem Kontrast dazu die kurzen pechschwarzen Haare und der leuchtend rot geschminkte Mund, ihr Körper glitzerte vom Reif, der ihn ganz und gar überzogen hatte. Mitten auf ihrer Stirn blühte, wie eine kleine Rose eine schwarzrote, verkrustete reifumränderte Wunde. Mit ihrer rechten Hand hatte sie den kleinen Damenrevolver, den sie immer zu ihrem Schutz mitgeführt hatte, in verkrampftem Griff umklammert. Ihre Augen waren geschlossen, sie lag da, als ob sie schliefe, wäre da nicht das rote Mal auf ihrer Stirn gewesen.

»Zdenka!«, mit einem erstickten, sich der tiefsten Tiefe meiner Seele entringendem Schrei brach ich über meiner Freundin zusammen, begrub sie unter mir, gerade so, als könne ich mit meiner Wärme ihr entwichenes Leben zurückholen. Meine heißen Tränen, die ich nun nicht mehr zurückhalten konnte, bedeckten ihr eiskaltes, froststarres Gesicht und brachten den Raureif, der es über und über

bedeckte, zum Schmelzen. Die Röte ihrer Lippen vermischte sich mit meinen Tränen und dem geschmolzenen Eis und rann ihr über das Gesicht – mit meinen Küssen vermochte ich das geliebte Leben nicht mehr zu erspüren. Sprachlos und starr geworden vor Schmerz setzte ich mich neben meine Freundin, zog sie zu mir heran und bettete ihren Kopf auf meinen Schoß. Zum ersten Mal seit vielen Jahren formten meine Lippen ein lautloses Gebet, ich betete für ihre Seele, dafür, dass sie dort, wo sie jetzt war, ein besseres Leben hätte, als das, welches ihr auf Erden beschieden gewesen war. So saß ich mehrere Stunden in stummem Entsetzen am Ufer der Moldau, die tote Freundin im Arm und starrte auf den Fluss, von dessen Wassern neblige Schwaden in die frostige Luft aufstiegen.

Als ich wieder zu mir kam, war mir eines klar: Zdenka konnte ich nicht hier liegen lassen. Wer weiß, wer sie finden würde, streunende Hunde gar, und auch sonst wollte ich nicht, dass sie in der Gerichtsmedizin landete, wo man ihren Leib aufschnitt und die Reste dann verbrannte und anonym bestattete. Nein, sie sollte ihre Ruhe dort finden, wo es ihr gemäß war, wo es ihr gefallen hätte, wo es ihr Wunsch gewesen wäre. Sanft hob ich meine Freundin hoch und trug sie langsam zur Moldau, wo ich mich niederkniete und sie zärtlich ins Wasser, welches sie mit leisem Plätschern willkommen hieß, hinab gleiten ließ. Gemächlich trug der Fluss ihren Körper davon, hinein in die immer dichteren Nebelschwaden, die mittlerweile den gesamten Strom wirbelnd bedeckten. So entschwand sie in unendlich langen Sekunden meinen Augen, die Moldau hatte sie mit sich genommen.

Mit verweinten Augen saß Gerti auf ihrem Wohnzimmersofa. Gott sei Dank war ihr Freund nicht zuhause, der würde sie wegen ihrer sentimentalen Ader nur wieder auslachen, auch wenn ihre Trauer und ihr Mitgefühl in diesem Fall – anders als bei den Schnulzenfilmen, bei denen sie regelmäßig heulen musste – mehr als angebracht waren. Schniefend, doch neugierig, wie es weitergegangen war, nahm sie das Büchlein wieder zur Hand.

Neuordnung

W*ie betäubt ging ich anschließend unendlich langsam entlang der Moldau zurück in Richtung Altstadt. Ich war unfähig, irgendeinen klaren Gedanken zu fassen. Ich sah die Stadt wie durch Milchglas, hörte ihre Geräusche wie aus weiter Ferne, ihre Gerüche kamen mir faul und modrig vor.*

Einsame und verlorene Tränen liefen mir von Zeit zu Zeit, Tauperlen gleich, die Wangen hinunter. Es war als hätte sich ein eisernes Band um meine Brust gelegt, als befände sich da, wo ehedem mein Magen gewesen war eine grobe eherne Faust. Bitternis hatte meine Seele in festem Griff. Warum nur klebte das Unglück wie Pech ausgerechnet an meinen Füßen, warum nur hatte Gott mich seit jener Sache mit dem Onkel so elendiglich allein gelassen?

»Hey Alter, wo bist du gewesen, schaust schlecht aus, brauchst du Stoff, chabe erstklassige Ware.«

Karel war es, der mich aus meiner trübseligen Versenkung riss. Ich fühlte kalte, nie gekannte Wut in mir aufsteigen. Ausgerechnet er, dessen Drogen Teil meines Unglücks waren, ausgerechnet er, wegen dessen Drogen ich mich verkaufen hatte müssen, ausgerechnet er wegen dem Zdenka …! All die aufgestaute Wut, all die Trauer, all der Schmerz brachen in diesem Moment aus mir heraus. Wie von Sinnen schlug ich auf Karel ein.

»*Lass mich in Ruhe, lass mich endlich in Ruhe, du elender Hurensohn, du bist Schuld, du alleine.*«

Ich wartete gar nicht auf eine Antwort, schlug nur zu, schlug ins Gesicht, auf den Körper. Zähne brachen, Blut schoss Karel aus der Nase, er ging zu Boden. Ich schlug weiter, trat noch ein letztes Mal gegen den zuckenden und wimmernden Körper, drehte mich dann um und ging ohne mich noch einmal umzusehen durch den Nebel davon.

Erleichterung war das richtige Wort, ja ich fühlte mich nach diesem Ausbruch regelrecht erleichtert, befreit von dem eisernen Band, befreit von der Faust in meinem Bauch, auch wenn ich mich für meinen Gewaltausbruch zutiefst schämte und die Trauer um Zdenka in mir nistete wie eine schwarze Krähe in einem kahlen winterlichen Baum.

Ich würde jetzt zu Pater Nicodemo gehen, ihn um Verzeihung für meine Sünden bitten, meine Dankschuld ihm gegenüber abtragen und einmal, irgendwann im kommenden neuen Jahr, würde ich nach Hause zu meiner Mutter zurückkehren, sie in den Arm nehmen und mich ihr erklären, so schwer es für uns beide auch werden würde. Das hatte ich mir fest vorgenommen. Lediglich meinen Onkel, den wollte ich nie mehr wiedersehen.

Trotz meiner Trauer fühlte ich, wie sich ganz allmählich ein leiser aber dennoch spürbarer Friede in meinem Herzen ausbreitete. Ich wusste Zdenka gut aufgehoben, da wo sie jetzt war, und ich sah vor mir wieder einen Weg, wohin auch immer dieser mich führen würde.

Zunächst führte mich dieser Weg jedoch über die lärmenden Plätze der abendlichen Stadt, vorbei an hell erleuchteten Wirtshäusern, aus denen Stimmengewirr, unterbro-

chen vom fröhlichen Lachen der Zecher, nach außen drang, vorbei an Schaufenstern, die ihre Waren für das beginnende Weihnachtsgeschäft in bestes Licht gerückt hatten, vorbei an den beleuchteten Denkmälern jener schönen Stadt, für die ich jetzt wieder ein leises Auge hatte, über die Karlsbrücke und die Moldau, in deren kühler Umarmung ich Zdenka wusste, hinüber auf die Kleinseite, bis ich vor der Kirche, meiner Kirche stand und die schwere Holztür aufdrückte.

Pater Nicodemo kniete im Gebet versunken vor dem Altar. Als er meine leisen Schritte – ich wollte ihn in seiner Versenkung nicht stören – hinter sich hörte, drehte er sich um, ein feines Lächeln spielte um seine Lippen.
»Ah Guiseppino, bisse wieder da. Wo habe Frau?«
»Padre, ich möchte beichten, jetzt gleich bitte, wenn es Ihnen möglich ist.«
»Ah, no problemo, komme mit!«
Und er führte mich zu einem wuchtigen, aus dunklem Holz geschnitzten Beichtstuhl, wo wir Platz nahmen und ich ihm mein Leben ausbreitete, ja auskotzte, angefangen mit meinem Vater, dem Erlebnis mit meinem Patenonkel, meiner Flucht nach Prag, den Drogen, wie ich meinen Körper dafür verkauft hatte, meiner Liebe zu Zdenka, wie ich sie heute tot gefunden und der Moldau gegeben hatte bis hin zu der Gewalt, die ich soeben Karel angetan hatte.

Als ich geendet hatte, war es mir, als läge mein Leben vor mir ausgebreitet wie die kleine Stadt in der Modelleisenbahn, die ich bei Wolfgang einmal gesehen hatte. Ich sah, wie alles mit allem zusammenhing, wie alles kam, wie es kommen hatte müssen und dass auch das, was noch kom-

men würde, seinen Platz haben würde, der ihm jetzt schon zugewiesen war. Versöhnung, ja das war es. Ich war mit meinem Leben versöhnt, noch bevor Pater Nicodemo mich von meinen Sünden freisprach und mich, nachdem wir den Beichtstuhl verlassen hatten mit zu seinem Konvent nahm, wo ich sein Gast sein würde, bis ich in der Lage wäre, nach Hause zurück zu kehren.

Es dauerte dann doch noch einige Tage, bis ich mich wieder soweit gefangen hatte, dass ich bereit war, am Alltag im Kloster teilzunehmen. Zunächst hatte ich meine Stunden ausschließlich im Bett zugebracht, in der kargen Zelle, die man mir zugewiesen hatte. Darin befanden sich lediglich ein grob gezimmertes Bett, ein Stuhl in derselben Machart, an der Wand ein kleines Hängeregal mit erbaulicher religiöser Literatur, ein winziges Schreibtischchen und darüber hängend ein Kreuz. Durch ein kleines Fenster, das sich nach Osten öffnete, tasteten bereits am Morgen die wärmenden Strahlen der aufgehenden Sonne über mein Bett. Für mich war dieses Zimmer trotz seiner Kargheit das Paradies schlechthin. Ein Bett, ein eigenes beheiztes Zimmer, den kalten Winter draußen vor das Fenster verbannt, lediglich durch die filigranen Eisblumen an der Glasscheibe daran erinnert, was konnte es Schöneres geben. An die Einnahme meiner Medikamente brauchte ich nicht erinnert zu werden, es war mir ein Herzensanliegen, nicht wieder rückfällig zu werden. Einer Psychotherapie allerdings wollte ich mich nicht unterziehen, da ich mir relativ sicher war, endgültig von den Drogen los gekommen zu sein.

Mit kleinen Schritten tastete ich mich langsam wieder zurück in ein geregeltes Leben, nahm zunächst nur an den gemeinsamen Mahlzeiten im Kloster teil, erweiterte dies nach und nach dadurch, dass ich ab und an die Morgenandacht oder die Abendmesse des Konvents besuchte, um mir dann nach ein paar Tagen kleinere Arbeiten in der Küche, der Kirche und dem Kloster zu suchen, mit denen ich mich nützlich machen konnte. Nach einigen Tagen durfte ich zu meiner Freude feststellen, dass meine Arbeitskraft zunehmend gesucht und dankbar angenommen wurde. Umso lieber ging ich Tomas, dem Hausmeister und Fahrer des Klosters, soweit es meine Kräfte und Fähigkeiten zuließen zur Hand, so dass Pater Nicodemo eines schönen Tages beschloss, ich solle den Führerschein machen, um Tomas auch bei seinen Fahrdiensten entlasten zu können. Ich freute mich natürlich sehr über dieses Angebot, meinte aber, es nicht annehmen zu können, da das Kloster schon so viel für mich getan hatte. Pater Nicodemos Entschluss jedoch war unerschütterlich und jede Diskussion darüber zwecklos. Man habe die Anmeldeformalitäten schon erledigt, als meinen Wohnsitz das Kloster angegeben und brauche nun mal einen zweiten Fahrer und damit basta!

Libusa

Ganz in der Nähe des Klosters befand sich eine kleine Fahrschule. Deren Leiterin war eine temperamentvolle Tschechin, etwa vierzig Jahre alt mit feuerroter lockiger Mähne, flaschengrünen Augen und alabasterfarbener Haut. Die engen Kleider, die sie in ihren abendlichen Theoriestunden trug, betonten ihre atemberaubende Figur. Es war aus diesem Grund oft schwer, ihren Ausführungen über die einzuhaltenden Verkehrsregeln mit der dem Thema angemessenen Konzentration zu folgen. Ihr theoretischer Unterricht selbst war, abgesehen vom optischen Angebot, auch sonst äußerst kurzweilig, mit vielen Anekdoten gewürzt, so dass ich gerne hin ging. In der Praxis konnte sie mir jedoch nicht mehr viel vermitteln, hatte ich das Autofahren mit Hilfe der gestohlenen Autos in den abendlichen Stunden am Rande Prags bei der kleinen Hehlerwerkstatt doch schon mehr als ausreichend üben können. So kam es, dass ich bereits nach kurzer Zeit zur Fahrprüfung zugelassen wurde und diese zu meiner großen Überraschung auch auf Anhieb bestand.

Libusa, so hieß die Fahrlehrerin, wollte dieses freudige Ereignis mit mir unbedingt feiern und lud mich zum Abendessen ins ›U Pincasu‹ ein, ein uriges Speise- und Bierrestaurant im Herzen Prags, wo sie bereits einen Tisch für zwei Personen bestellt hatte.

Holzgetäfelte Wände, an denen alte Bilder und Stiche hingen, Holzkassettendecken und gemütliche Essecken vermittelten schon beim Eintreten ein einladendes und anheimelndes Ambiente. Man fühlte sich in den gastlichen Räumen sofort willkommen geheißen.

Libusa hatte sich in ein unglaublich enges grünes Minikleid mit großem Ausschnitt, der ihre üppigen Brüste bestens zur Geltung brachte, geworfen, dazu trug sie netzartig gemusterte schwarze Strümpfe und hochhackige grüne Schuhe. Das ganze kontrastierte wunderbar zu ihrem feuerroten Haar. Darüber trug sie gegen die Kälte einen schwarzen Pelzmantel mit hochgeschlagenem Kragen. Da konnte ich natürlich nicht mithalten. Ich musste mit einer Jeans und einem grauen Wollpullover vorlieb nehmen, den das Kloster mir dankenswerter Weise zur Verfügung gestellt hatte. Gott sei Dank schien sie sich daran aber nicht weiter zu stören.

Der Tisch, den Libusa für uns bestellt hatte, befand sich im Obergeschoß, welches eher den Gästen des Speiserestaurants vorbehalten war und wo es etwas ruhiger zuging, als im Erdgeschoß, wo die Biergäste lärmten.

Man hatte uns einen Platz in einem ruhigen etwas abseits gelegenen Winkel des Obergeschosses zugedacht, wo wir bei Pilsner Urquell bald in lebhafte, rasch vertraulich werdende Gespräche vertieft waren. Während des Essens – wir hatten böhmischen Gänsebraten – erkundigte sich Libusa interessiert nach meiner Lebensgeschichte, von der sie durch Pater Nicodemo bereits in groben Zügen erfahren hatte. Mit offenem Mund und vor Staunen weit aufgerissenen grünen Katzenaugen lauschte sie meiner Geschichte, einige allzu genaue Details hatte ich natürlich weggelassen, und unterbrach sie nur gelegentlich durch eingestreute »Oh mein Gott« oder »Ach Du armer Junge«. Nachdem ich geendet hatte, sah sie mich aus ihren leuchtend grünen Augen, die einen feuchten Schimmer bekommen hatten, mit einem langen schrägen Blick von unten an, viel zu lange, denn ich spürte, wie mir das Blut in Kopf und Lenden schoss. Bei einem weiteren Pils erzählte sie mir dann ihre Geschichte. Sie stammte ursprünglich aus Beroun im böhmischen Karst, hatte ein einfaches Elternhaus gehabt. Ihre Eltern waren anständige Leute mit einer ausgeprägten Liebe zur Kultur und Musik gewesen. Sie selbst spielte leidlich gut Saxophon. Geschwister hatte sie keine. Mit achtzehn Jahren hatte sie sich Hals über Kopf in ein Mitglied der Musikband, in der sie damals Saxophon spielte, verliebt. Sie hatten schnell geheiratet und waren dann nach Prag gezogen, um in der dortigen Musikszene ihr Glück und ihr Auskommen zu finden. Das sei jedoch schwieriger als gedacht gewesen, so dass sie viele Jahre am Rande des Existenzminimums hatten leben müssen. Ihr Mann sei deswegen zunehmend frustriert gewesen, hätte darüber zu trinken angefangen und sei, wenn er betrunken war, gewalttätig gegen sie geworden, was immer häufiger der Fall gewesen sei. Eine normale, geregelte Arbeit habe er nicht annehmen wollen, denn er wäre ja schließlich Künstler, dem man das nicht zumuten könne. Sie habe dieses Leben schließlich nicht mehr ertragen, sich von ihrem Mann getrennt und sei zu einem anderen Mann gezogen, mit dem sie in den letzten Monaten ihrer Ehe bereits eine Beziehung eingegangen war. Dieser sei der Besitzer der Fahrschule gewesen, die sie jetzt führe. Kurz nach ihrer zweiten Hochzeit sei dieser Mann vor fünf Jahren plötzlich an einem Herzinfarkt verstorben, seitdem führe sie die Fahrschule alleine. Nein, eine feste Beziehung habe sie derzeit nicht und nein, Kinder habe sie leider keine bekommen, obwohl sie es sich so sehnlich gewünscht hatte.

Während sie mir das alles in nicht enden wollendem Redefluss erzählte – es tat ihr offenbar gut, sich einmal richtig aussprechen zu können – spürte ich, wie ihr fein bestrumpfter rechter Fuß – den Schuh hatte sie abgestreift – sich gemächlich an der Innenseite meines Unterschenkels nach oben tastete, am Knie vorbei den Oberschenkel erreichte und an dessen Innenseite entlang sich mit wollüstig streichelnder Bewegung meinem Schritt näherte, dort verweilte und mich mit den Zehen in aufreizend langsamer Art und Weise zu massieren begann. Dabei fixierte sie mich mit ihren grünen Augen, deren Farbe mittlerweile eine unergründliche Tiefe und Intensität angenommen hatte. Ich spürte wie mir das Blut in den Unterleib schoss und mein Glied sich steif aufrichtete. Sie hatte das offensichtlich auch bemerkt, denn mit rauer Stimme befahl sie den Ober zu sich, um eilends zu zahlen, schlüpfte in ihren Pelzmantel, hakte sich bei mir unter und zog mich mehr als dass ich sie führte ins nächste Taxi, das vor dem ›U Pincasu‹ wartete. Während der zehn Minuten, die die Fahrt zu ihr nach Hause dauerte, hatte sie ihre rechte Hand in meinem Schritt und meine Augen mit den ihren unerbittlich fixiert.

Sie hatte eine kleine, aber geschmackvoll ja gediegen eingerichtete Wohnung. Die Wände waren in erdigen Farben gehalten, die Möbel mediterran. Im Schlafzimmer, in das sie mich rasch bugsiert hatte, sie war noch – ›aber nur ganz kurz‹ – ins Bad gegangen, stand ein Himmelbett, das von einem weißen seidigen Tuch überspannt war.

Libusa bot, als sie vom Bad wiederkam, einen überwältigenden Anblick. Sie war nackt, ihre Blöße lediglich bedeckt von einem nahezu durchsichtigen Morgenmantel aus beiger Seide, der jede Einzelheit ihres anbetungswürdigen Körpers mehr enthüllte als bedeckte. Ihre von einem rötlichen Flaum bedeckte Scham zeichnete sich kaum verhüllt einladend unter dem fließenden Seidenstoff ab. Sie kniete sich vor mir nieder, nachdem sie mir mein Obergewand zärtlich abgestreift hatte, öffnete meine Hose und nahm mein aufgerichtetes Glied in den Mund. Langsam begann sie daran zu saugen, während sich ihre Brustwarzen unter dem Morgenmantel spitz aufrichteten. Bevor ich zum Höhepunkt kam, ließ sie sich auf das Bett gleiten, öffnete ihre Schenkel und bot mir ihre Scham dar, die sie mit Daumen und Zeigefinger der rechten Hand leicht gespreizt hatte. Ich konnte nicht anders, als dass ich sofort und unverzüglich mit ihr schlief.

Während des Orgasmus, der uns beide gleichzeitig erschütterte, sah ich mit einem Mal Zdenkas bleiches Gesicht vor mir, das rote Mal brennend und leuchtend auf ihrer Stirn, so dass ich mit einem Schrei des Entsetzens hochfuhr, mich hastig ankleidete und mit einem heiser dahin gekeuchtem »Libusa bitte verzeih mir, es geht nicht anders« wie von Furien gehetzt davonstob.

An die nächsten Stunden habe ich keine Erinnerung mehr. Ich muss wohl ziellos durch die Gassen Prags geirrt sein, es musste wohl Tauwetter eingesetzt und geregnet haben, denn als ich mich viel später verwirrt und beschämt vor der Klosterpforte wiederfand, war ich völlig durchnässt und das Licht der Stadt spiegelte sich in Wasserpfützen, die vor einigen Stunden noch nicht dagewesen waren. Bitterlich weinend sank ich in der Kirche zusammen, bat Zdenka tausend und abertausend Mal um Verzeihung für meine Untreue und schwor ihr, bei allem was mir heilig war, ich würde ihr fortan treu sein bis an mein Lebensende.

Von diesem Abenteuer hatte ich eine ordentliche Erkältung davongetragen und musste mit Fieber, Schnupfen und Husten das Bett hüten. Libusa hatte ich seit diesem Tag nicht wieder getroffen, gesehen allenfalls von Ferne im Vorbeifahren in ihrem Fahrschulauto, und auch sie ist mir die restliche Zeit, die ich noch in Prag verbrachte, ganz offensichtlich aus dem Weg gegangen.

Schade dass Gertis Freund jetzt nicht da war. Was musste dieser Trottel auch mit seinen Freunden Fußball schauen. Sie hätten jetzt auch so schön miteinander ...

Na, ja dann lese ich jetzt eben weiter – dachte Gerti mit leisem Bedauern in ihrem Herzen.

Hermes

Das Weihnachtsfest nahte mit Macht. Es waren nur mehr ein paar wenige Tage bis dahin, daher gab es im und um das Kloster für mich eine Menge zu tun. Die Kirche musste geschmückt werden, dazu mussten Christbäume besorgt und mit Kerzen und Kugeln verziert werden. Auch das Kloster selbst wollte in festlichen Hochglanz gebracht werden. Diese Besorgungen und Verrichtungen waren neben Tomas' auch meine Aufgabe, die ich mit viel Hingabe und Sorgfalt erfüllte.

Zudem hatte sich das Kloster neben anderen caritativen Organisationen im Hermesprojekt der Stadtverwaltung Prags engagiert. Gegründet wurde dieses Projekt aus der Not heraus, nachdem sich die Obdachlosenproblematik in Prag in den letzten Jahrzehnten dramatisch verschärft hatte und die politischen Verantwortlichen Prags genauso wenig wie der Staat selbst gewillt waren, dieses drängende Problem zu lösen. Ganz im Gegenteil, es starben in den Straßen Prags im Winter mehr denn je Obdachlose an Hunger und Unterkühlung.

Es handelte sich bei der Hermes um ein ehemaliges Güterschiff, das fest vertäut am Moldauufer in der Nähe des Stadtzentrums ankerte und nach seinem Umbau und umfangreichen Renovierungsmaßnahmen als schwimmende Herberge für umgerechnet je einen Euro pro Nacht Schlaf-

plätze für 250 Obdachlose bot. Verwaltet und betreut wurde Hermes von der Nichtregierungsorganisation Nadeje.

Pater Nicodemo hatte gemeint, auf Grund meiner Vorgeschichte kenne ich mich ja in der Szene schon aus, zudem würden dort immer fleißige Helfer benötigt und ich könne mir damit auch ein kleines Taschengeld dazu verdienen, denn eine gewisse Aufwandsentschädigung würde man dort auch bezahlen.

Er könne, wenn ich wollte bei Nadeje mal nachfragen. Ich war nicht abgeneigt und Pater Nicodemos Anfrage war ebenfalls erfolgreich, ja sie könnten gerade jetzt in der Winterzeit jede Hilfe gebrauchen, so dass ich mich eines kalten Wintermorgens auf dem Schiff vorstellte.

Die nächtliche Belegungszeit war gerade eben vorbei und die 250 Leute, die dort für die Nacht Unterschlupf gefunden hatten, verließen nach und nach mit ihren wenigen Habseligkeiten das Schiff. Ich meldete mich bei dem zuständigen Betreuer zum Dienst. Dieser hieß Jiri und war hoch erfreut, denn gerade jetzt in der Früh, wenn die Gäste das Schiff verlassen würden, falle am meisten Arbeit an. Die Betten und die Räume müssten gereinigt werden, renitente Gäste oder solche, die aus anderen Gründen das Schiff nicht verlassen könnten oder wollten, müssten dazu gebracht werden, die Herberge unter Tags zu verlassen. Wenn sie krank wären oder anderweitig nicht könnten, müsste Hilfe organisiert werden.

Ausgerüstet mit großen Müllsäcken und Putzutensilien begannen wir unseren Rundgang durch die mit Stockbetten ausgestatteten Räume des Schiffes. Was an Bettzeug zu stark verschmutzt oder anderweitig nicht mehr benutzbar war wurde eingesammelt und entweder zum Reinigen oder in den Müll aussortiert. Übrig gebliebener Abfall, Essensreste und sonstige herrenlose Überbleibsel landeten in den Müllsäcken. Anschließend musste noch grob durchgewischt werden und was sonst noch an Schmutz zu finden war, entfernt werden. Ein nächtlicher Gast, ein älterer Mann, konnte nicht mehr aufstehen. Er war offenbar an einer schweren Grippe erkrankt, so dass in diesem Fall die Ambulanz gerufen werden musste, die den Mann – da eine intensivere Behandlung nötig war – in eine Klinik verbrachte.

Danach war zunächst die Hauptarbeit erledigt. Jiri entließ mich wieder zurück ins Kloster, mit der Bitte, mich kurz vor 19.00 Uhr zum Beginn der Einlasszeit erneut einzufinden.

Pünktlich war ich abends wieder vor Ort. Es wartete schon eine ganze Reihe vor Kälte bibbernder Obdachloser vor dem Schiff, die die Nacht in den beheizten und vor dem beißenden Frost und Nässe geschützten Räumen verbringen wollten. Unsere abendliche Aufgabe war es, die Einlassgebühr zu kassieren und die Gäste auf Drogen, Waffen und Alkohol zu kontrollieren. Derartige Mitbringsel mussten konfisziert werden, oder deren Besitzer wurden, wenn sie uneinsichtig waren, rigoros wieder weggeschickt.

Während dieser Abendbeschäftigung war mir dann Pjotr über den Weg gelaufen. Ich hatte ihn gleich wieder erkannt, er hatte sich nicht zu seinem Nachteil verändert, ganz im Gegenteil: er wirkte nicht mehr gar so ungepflegt, wie noch vor einigen Wochen und zugenommen schien er auch zu haben. Er freute sich sichtlich, mich zu sehen und wir vereinbarten, uns noch etwas zusammen zu setzen, wenn ich meine Arbeit beendet hätte. Dann wäre genügend Zeit, uns gegenseitig zu erzählen, was wir zwischenzeitlich alles erlebt hatten, seitdem wir uns das letzte Mal gesehen hatten.

Tatsächlich war es ihm, wie er mir dann später erzählte, gelungen, einen kleinen Hilfsjob in einem Supermarkt zu ergattern, womit er etwas Geld verdienen konnte, mit dem er seinen Lebensunterhalt bestritt. Daneben hatte er nach dem Tod Julikas mit einem Methadon-Programm begonnen, mit welchem er bisher ganz gut klar gekommen war und mit dem er seine Drogensucht, wenn schon nicht zu überwinden, so doch wenigstens zu kontrollieren hoffte.

Wie sehr freute es mich, das zu hören. Ich sagte es ihm auch und schilderte ihm auf seine Nachfrage, wie es mir im Weiteren ergangen war, dass Zdenka tot war und verheimlichte ihm auch nicht, dass ich Karel schwer verprügelt hatte.

»Ach Du warst das. Karel hat keinen Namen genannt, hat übel ausgesehen, ist jetzt auch tot, armer Karel.«

Und er erzählte mir, dass sich Karel nach meiner Attacke wieder ganz gut erholt gehabt hatte, dass er sich aber mit einer neuen Droge, die er unbedingt ausprobieren hatte wollen, den goldenen Schuss gesetzt hätte und von ihm, Pjotr selbst, tot auf einer Bahnhofstoilette in seinem Erbrochenen liegend aufgefunden worden war. Die Spritze steckte noch in seinem Arm – es musste rasend schnell mit ihm zu Ende gegangen sein. Dieser schreckliche Anblick sei für ihn ein zusätzlicher Anstoß gewesen, das mit dem Methadon unbedingt durchziehen zu wollen.

Wir sahen uns in den nächsten Wochen des Öfteren, trafen uns mal auf dem Schiff, mal in der Altstadt zum Plau-

schen. Einmal kam Pjotr mich auch im Kloster besuchen, was aber gar nicht seine Welt war, wie er mir versicherte, er verstünde überhaupt nicht, wie ich es da aushalten könne.

Inzwischen war Weihnachten gekommen und wieder gegangen, es waren die schönsten Weihnachten seit meinem 16. Lebensjahr gewesen. Die Kirche war wunderbar geschmückt, woran auch ich meinen Anteil hatte, was mich mit stiller Freude und auch mit nicht geringem Stolz erfüllt hatte. Die Weihnachtsmessen wurden im Kloster in großer Feierlichkeit, mit jubelnder Festfreude und reichlich Weihrauch begangen. Dies ließ mich wehmütig an meine Kindheit in Waidbuch zurückdenken und erfüllte mich mit brennendem Heimweh, vor allem nach meiner Mutter. Wie mochte es ihr ergangen sein? Musste sie immer noch unter Vaters Unberechenbarkeiten und Bosheiten leiden und vor allem: würde sie manchmal auch noch an mich denken? Am meisten bedrückte mich, dass ich ohne ein Wort des Abschieds und ohne mich ihr in irgendeiner Form erklärt zu haben aus ihrem Leben verschwunden war. Das musste sie furchtbar getroffen haben. Doch wie hätte ich es sonst bewerkstelligen sollen? Man hätte mir ohnehin nicht geglaubt und Mutter war immer so stolz auf ihren Bruder gewesen. Aber jetzt – das spürte ich tief in meinem Innern – war die Zeit gekommen, zurückzukehren, mich ihr zu offenbaren, und sie – das war mein innigster Wunsch – fest in meine Arme zu nehmen. Ich beschloss daher, noch im bevorstehenden neuen Jahr, spätestens im frühen Herbst, wenn es im Kloster etwas stiller geworden war und weniger Arbeit anfiel, meiner Mutter und meiner Heimat einen Besuch abzustatten.

In den bis dahin verbliebenen Monaten hatte ich reichlich zu tun. Meine Vormittage und Abende verbrachte ich auf der Hermes, die Nachmittage ging ich im Kloster zur Hand, wo ich wechselweise in der Kirche oder Tomas bei seiner Hausmeistertätigkeit oder den Fahrdiensten half. Auf der Hermes verdiente ich mir ein anständiges Taschengeld, von dem ich die Hälfte dem Kloster abgab, obgleich Pater Nicodemo nichts davon wissen wollte. In diesem Fall jedoch blieb ich eisern und ließ mich nicht erweichen. Ich wollte den Ordensleuten wenigstens einen Teil des Guten, das sie mir getan hatten, vergelten.

Hier befand sich im Büchlein ganz offensichtlich eine Zäsur. Gerti war irritiert. Die Handschrift, mit der die Aufzeichnungen weitergeschrieben wurden, war zwar ganz offensichtlich die gleiche, aber bei weitem nicht mehr so sorgfältig ausgeschrieben. Die Wörter waren hastig, wie in Eile hin gekritzelt, das Ganze machte rein formal gesehen einen ganz anderen, eher fahrigen Eindruck, auch wenn sich die Ausdrucksweise nicht geändert zu haben schien.

Waidbuch
in der Nacht vom 3. auf den 4. September 2010.

Nach meinen Erlebnissen in dieser Nacht bin ich gezwungen, den Rest meines Lebens jetzt in den paar Stunden, die mir noch bleiben zu Papier zu bringen. Ich werde das Heft dann Wolfgang in den Briefkasten werfen, denn da weiß ich es in treuen Händen geborgen.

Je näher der Herbst rückte, desto größer wurden meine Aufregung und meine Vorfreude, wobei ich nicht hätte sagen können, was von beiden überwog. Einerseits freute ich mich sehr darauf, endlich meine Mutter und meinen Heimatort Waidbuch wiederzusehen, andererseits hatte ich Angst vor dem Moment, in dem ich meiner Mutter die Wahrheit über meine überstürzte Flucht offenbaren würde. Doch ich dachte das tun zu müssen, ich dachte sie hätte das Recht darauf zu erfahren, warum ich damals ohne Abschied gegangen bin.

Ich Trottel! Hätte ich doch nur meinen Mund gehalten!

Nachdem ich Pater Nicodemo in mein Vorhaben eingeweiht hatte, bot er mir an, den alten roten Skoda des Klosters zu benutzen, der die längste Zeit als Ersatzfahrzeug unbenutzt vor sich hin rostete. Dann wäre ich unabhängiger, könne aufbrechen, wann mir danach sei und in Waidbuch bleiben, solange ich wolle. Zu diesem Angebot konnte ich nicht nein sagen.

Heimkehr

Der Herbst war rasch ins Land gezogen. Noch war die Luft erfüllt von der Wärme und den Düften des Sommers, doch hatten die Blätter der Bäume begonnen, sich langsam zu verfärben – in das gesättigte Grün mischten sich erste Gelb- und Rottöne. An manchen Abenden bildeten sich über der Moldau bereits feine herbstliche Nebelstreifen, deren Kühle in dünnen Schwaden durch die Gassen der Altstadt zog. Die Stadt selbst war voller Touristen, die die Innenstadt, ihre Gasthäuser und Cafés mit Lärm und Leben erfüllten. In dieser Zeit in der Stadt eine ruhige Ecke zu finden war nahezu unmöglich.

Der Wetterdienst hatte ein stabiles frühherbstliches Hochdruckgebiet angekündigt, auf der Hermes herrschte Flaute und auch im Kloster gab es wenig zu tun, sah man einmal vom ›Touristendienst‹ ab, der jedoch Aufgabe der Klosterbrüder war.

So sah ich an einem sonnig-warmen Donnerstag im Frühherbst, es war der 2. September, für mich den günstigsten Zeitpunkt gekommen, mein Vorhaben in die Tat umzusetzen. Ich wollte nicht am helllichten Tag nach Waidbuch hineinplatzen und womöglich irgendwelchen Bekannten oder Verwandten begegnen und neugierige Fragen beantworten müssen, so dass ich es vorzog, erst am späten Nachmittag Prag in Richtung Heimat zu verlassen. Zudem wusste ich, dass meine Mutter früher jeden Abend, wenn es eben dunkel geworden war, einen kleinen Spaziergang zur etwa zwei Kilometer vom Ortsrand von Waidbuch entfernten Nepomukkapelle gemacht hatte, um dort in kurzem Gebet zu verweilen. Ich hoffte, dass sie diese Angewohnheit nicht aufgegeben hatte und gedachte, mich zunächst dorthin zu begeben, um meine Mutter in dieser Kapelle, wo wir ungestört sein würden, anzutreffen. Die Kapelle lag malerisch am Waldrand, gleich daneben war eine alte Schäferei mit einem teilweise gemauerten Ziegenstall, wo wir als Kinder häufig Cowboy und Indianer gespielt hatten.

Der Abschied von Pater Nicodemo, Tomas, dem Kloster, der Kirche und den anderen Ordensbrüdern fiel mir unsäglich schwer. Ich hatte bei ihnen eine zweite Heimat gefunden, Pater Nicodemo war wie der Vater zu mir gewesen, den ich nie hatte haben dürfen. Sie hatten mich aufgefangen, als es mir am schlechtesten ging und mir eine zweite Chance gegeben. Wir alle waren gleichsam zu einer kleinen Familie geworden, das Kloster zu meiner zweiten Heimat. Ich gedachte zwar nach einigen Tagen wieder ins Kloster zurück zu kehren, hatte auch schon mit dem Gedanken gespielt, mich später einmal als Klosterbruder in ihren Konvent aufnehmen zu lassen, jedoch hatte mich das Leben bei Zeiten gelehrt, dass Pläne eine Sache waren, das was das Leben aus ihnen machte, aber auf einem ganz anderen Blatt stand. So fuhr ich davon mit Tränen in den Augen und Wehmut im Herzen, mit der unterschwelligen Angst, das alles, was mir lieb geworden war, wieder einmal endgültig hinter mir lassen zu müssen. Und wie man sieht, ist es wieder einmal genauso gekommen, wie ich befürchtet hatte.

Die Außenbezirke Prags hatte ich bald in Richtung Pilsen verlassen und Pilsen selbst auf der neuen Umgehungsstraße rechts liegen gelassen. Die Autobahn auf der ich mich in Richtung Heimat bewegte, folgte, wie mir mit einem Mal bewusst wurde, annähernd dem Verlauf der Goldenen Straße zwischen Prag und Nürnberg, einer im 14. Jahrhundert von Kaiser Karl IV angelegten Handelsstraße, auf der der Kaiser von seinen böhmischen Kernlanden um Prag bis nach Nürnberg auf eigenem Territorium reisen wollte. Zu diesem Zweck hatte er entlang dieser Handelsroute nach und nach die dort liegenden Ländereien erworben und das ganze Gebiet dann Neuböhmen genannt. Gerade in den letzten Jahren vor meiner Flucht hatte diese historische Verbindung auch in Waidbuch, das ebenfalls an dieser Trasse gelegen war, eine Renaissance erlebt, und Anlass für diverse Feierlichkeiten, Ausstellungen und Würdigungen gegeben. Ganz feierlich wurde mir zu Mute bei dem Gedanken gerade auf einer solch alten und ehrwürdigen Trasse mich meiner Heimat nähern zu dürfen, ein Gefühl, das angesichts der Dinge, die noch auf mich zugekommen sind, gänzlich unangebracht war.

Inzwischen hatte es zu dämmern begonnen, die untergehende Sonne, der ich entgegen fuhr, hatte den zuvor herbstlich tiefblauen Himmel in goldenes Licht getaucht, bevor sie dann als leuchtend rotoranger Ball hinter den dunklen, waldigen Höhen des vor mir liegenden Oberpfälzer Waldes untergegangen war. Schon hatte ich die Waidbuch am nächsten liegende Autobahn-Ausfahrt erreicht, hatte die wenigen Kilometer bis Waidbuch auf der gut ausgebauten Kreisstraße hinter mich gebracht und fand mich alsbald in meinem Heimatort wieder, der aussah, wie ich ihn in Erinnerung hatte. Halt nein, nicht ganz – mein Vaterhaus, das ich auf meinem Weg zum anderen Ortsende Richtung Kapelle passieren musste, wirkte merkwürdig heruntergekommen, als fehlte die liebevolle ordnende Hand meiner Mutter. Im gesamten Haus war es stockdunkel. Es sah, man konnte es nicht anders beschreiben, ja es sah unbewohnt aus.

Was war da los? Lebte Mutter nicht mehr? Hatte Vater sie gar in seinem Zorn erschlagen? Ich musste mich zur Ruhe zwingen, um nicht in Panik zu geraten. Ruhig Blut, fahr weiter, langsam, langsam, fahr erst einmal zur Kapelle! Vielleicht ist alles auch ganz anders, als es auf dem ersten Blick scheint. Ich zwang mich dazu, nicht sofort auszusteigen, sondern weiterzufahren, wenigstens die zwei Kilometer zur Nepomukkapelle auf jenem geschotterten Wirtschaftsweg, in den die Hauptstraße nach Erreichen des Ortsendes übergegangen war. Dort war es schon, das Kirchlein, ruhig und friedlich wie immer, daneben das mittlerweile schon duster gewordene Wäldchen. Mit klopfendem Herzen stellte ich das Auto am Waldrand ab und betrat zögernd die Kapelle durch die sich mit widerspenstigem Knarzen nur unwillig öffnende, schwere Holztür. Im Innern der Kapelle war es beinahe stockdunkel, das durch die einfachen, in Kopfhöhe angebrachten Glasfenster einfallende schwache Dämmerlicht ließ die Konturen der Sitzbänke und des kleinen Altares mit der darauf stehenden Nepomukstatue gerade noch erahnen. Die Kapelle war leer.

Mit unsäglicher Angst ließ ich mich auf eine der hinteren Bänke sinken, schlug die Hände vors Gesicht und spürte wie eine große Leere sich, von meinem Kopf ausgehend, mit kalten Fingern durch meinen Körper wühlte.

Da hörte ich plötzlich leise Schritte, die sich mit kaum vernehmbarem Knirschen auf dem mit Steinen geschotterten Weg der Kapelle näherten. Schon waren sie bei der Kapelle angekommen, nein, sie gingen nicht weiter, ja, sie blieben vor der Türe stehen. Die Türe ging knarrend auf und in die Kapelle trat – ja sie war es, ich erkannte sie genau an ihrer Silhouette im fahlen Dämmerlicht – meine Mutter.

»Mutter!« Mit einem erlösten Schrei war ich ihr schon um den Hals gefallen, kaum dass sie die Kapelle betreten hatte.

Versteinert wie Lots Weib blieb sie ruckartig stehen, sah mir ungläubig mit starr geweiteten Augen ins Gesicht, da, ein Funke des Erkennens, und flüsterte leise und kopfschüttelnd, als könne sie ihren eigenen Augen nicht trauen »Josef, Du?«

Ja, ja, ja, ich war es und als all ihre Zweifel dahingeflogen waren, liefen ihr die Tränen über die Wangen und sie drückte mich wieder und wieder, nahm mein Gesicht in ihre Hände, streichelte und küsste mich und wollte gar nicht mehr aufhören damit. Wie gut mir das tat.

»Ich dachte, Du lebst nicht mehr. Wo bist Du denn nur so lange gewesen?«

»Ich war in Prag, Mutter, aber das ist eine lange Geschichte. Setzen wir uns besser in die Bank da. Aber zuvor musst Du mir erzählen, wie es Dir geht.«

Wir setzten uns nebeneinander auf eine der altersdunklen holzgeschnitzten Kirchenstühle und sie erzählte mir in der Düsternis der Kapelle, wie es ihr seit meinem Weggang ergangen war. Als sie vom Einkaufen nach Hause gekommen war und mich nicht angetroffen hatte, hatte sie zuerst gemeint, ich wäre doch noch zur Schule gegangen, und hatte im Schulsekretariat angerufen. Nachdem man mich in der Schule nicht gefunden hatte, hatte sie bei Wolfgangs Eltern nachgefragt, dort sei ich aber schon seit längerer Zeit nicht mehr gewesen. Bei Vater in der Kirche und den Großeltern sei ich auch nicht gewesen. Die Großeltern, Onkel Alois, meine Eltern und die Schwestern – nachdem diese aus der Schule zurück waren – hatten anschließend den ganzen Ort, seine Umgebung und meine bevorzugten Plätze, an denen ich mich oft aufhielt, abgesucht. Schließlich hatten sie die Polizei angerufen und eine Vermisstenanzeige aufgegeben. Die Beamten hatten ihnen den Rat gegeben, erst einmal zu Hause nachzusehen, ob etwas fehle. Da hatten sie das fehlende Geld, die fehlende Kleidung und die fehlende Münzsammlung bemerkt. Wegen letzterer hätte Vater einen derartigen Tobsuchtsanfall bekommen, dass sie schon um seine Gesundheit gefürchtet hatten. Jedenfalls sei die Polizei dann davon ausgegangen, dass ich aus welchem Grund auch immer abgehauen sei. Das käme bei Kindern in der Pubertät öfter vor, die meisten kämen in der Regel freiwillig wieder nach Hause oder würden spätestens nach einigen Wochen irgendwo aufgegriffen. Doch die Wochen und Monate gingen dahin, ich wurde zur Fahndung ausgeschrieben, auch Interpol wurde eingeschaltet. Schließlich wurde meinen Eltern von der Polizei angedeutet, man müsse mit dem Schlimmsten rechnen, ich sei womöglich einem Gewaltverbrechen zum Opfer gefallen. Sie selbst habe jedoch die Hoff-

nung nie ganz aufgegeben, mich eines Tages wieder zu sehen.

Anschließend erzählte sie mir, dass es mit Vater immer schlimmer geworden sei, er habe sogar zu trinken angefangen und sich zunehmend weniger in der Gewalt gehabt. Sie habe gelitten wie ein Hund. Reden habe man mit ihm überhaupt nicht mehr können, bei den kleinsten Kleinigkeiten habe er immer sofort zugeschlagen und danach den Herrgott vom Kreuz heruntergebetet.

Als dann das mit Elisabeth passiert sei, habe sie den Entschluss gefasst, sich von diesem Mann zu trennen.

Und sie erzählte mir von meinen Schwestern. Franzi war – kaum dass sie die Realschule geschafft hatte und eine Ausbildungsstelle zur Krankenschwester bekommen hatte – sofort ausgezogen und in das Schwesternwohnheim nach Weiden übergesiedelt. Seit letztem Jahr habe sie nun eine Stelle an der Uniklinik in Regensburg und wohne auch dort. Es gefalle ihr sehr gut und sie werde wohl auf Dauer in Regensburg bleiben, zumal sie dort mit einer Frau zusammenlebe, mit der sie wohl auch ein Verhältnis hätte. Sie selbst könne das zwar nicht verstehen, auch nicht gutheißen, aber sie habe die Kröte geschluckt, da sie ja wolle, dass ihre Tochter glücklich sei. Mindestens einmal in der Woche würden sie miteinander telefonieren und sie sei sogar schon mal in Regensburg auf Besuch gewesen. Na ja, so uneben war Franzis Freundin dann doch nicht gewesen, sogar eigentlich ganz nett.

Und sie erzählte mir von der Kleinen, der Elisabeth, die sich dem erstbesten Mann, der ihr schöne Augen gemacht habe an den Hals geworfen hatte, prompt schwanger gewor-

den war und dann von Vater, als der es erfahren hatte, dermaßen verprügelt worden war, dass sie ihr Kind verloren hatte. Elisabeth hatte Vater daraufhin angezeigt, er sei auch zu einer hohen Geldstrafe verurteilt worden, danach hatte man es mit ihm allerdings gar nicht mehr aushalten können. Elisabeth war nach der Entlassung aus der Klinik ins Frauenhaus geflüchtet, da der Vater nach der Anzeige wüste Drohungen ausgestoßen hatte, was er alles mit ihr machen würde, würde er sie nur in die Finger kriegen. Ihr Freund hatte übrigens, kaum dass er von der Schwangerschaft erfahren hatte, schleunigst Reißaus genommen. Jetzt habe sie aber einen ganz netten Partner, ein anständiger Kerl, der auch im Ort wohne, im Neubaugebiet. Von diesem sei sie erneut schwanger geworden und hätte erst kürzlich einen hübschen Jungen zur Welt gebracht, den hätte sie Lukas genannt. Im nächsten Jahr wollte sie ihren neuen Partner heiraten, mit dem sie, seitdem sie mit ihm gehe, bereits in dessen Haus zusammen wohne.

 Mutter selbst wohnte – nachdem sie sich nach der Sache mit Elisabeth überstürzt von Vater getrennt hatte – wieder bei ihren Eltern auf dem kleinen Bauernhof. Dort habe ihr der Onkel Alois im Obergeschoß zwei Zimmer überlassen. Sie habe verschiedene Putzstellen angenommen, mit denen sie sich über Wasser halten könne. Unser Haus hatte sie seitdem nicht mehr betreten. Sie wisse aber, dass Vater ziemlich verwahrlost sei, mehr denn je dem Alkohol zuspreche und deswegen auch das Mesneramt aufgeben musste. Er habe eine Art von religiösem Wahn entwickelt und würde – wenn er nicht gerade hoffnungslos betrunken sei – in einer braunen Kutte mit der Bibel in der Hand im Ort herum strei-

fen und wirre Predigten über das bevorstehende Ende der Welt halten.

Nun drang sie aber gehörig in mich, ich solle ihr doch endlich sagen, warum ich damals abgehauen sei und was ich seither so getrieben hätte.

Das war der Moment, vor dem ich mich am meisten gefürchtet hatte. Obwohl ich mit der Absicht nach Waidbuch gefahren war, ihr die ganze Wahrheit zu erzählen, da ich gemeint hatte, es ihr schuldig zu sein, war ich mir nun gar nicht mehr so sicher, ob das so eine gute Idee gewesen war. Ich wich ihr daher aus und murmelte etwas wie »Das ist doch jetzt gar nicht mehr so wichtig. Hauptsache ich bin jetzt bei Dir.«

Doch sie drang weiter in mich, ließ nicht locker, ich hätte die Pflicht ihr alles, aber auch wirklich alles zu erzählen, nachdem ich sie damals schon so schnöde im Stich gelassen hätte. Am liebsten wäre ich jetzt ein zweites Mal davongelaufen.

»Du musst jetzt aber ganz stark sein, versprich mir das, denn was ich Dir nun erzähle, wirst Du mir nicht glauben wollen, ich schwöre aber bei Gott, dass es die Wahrheit ist.«

Ich nahm sie fest in den Arm und begann stockend und mit unsicheren Worten von der Wallfahrt nach Altötting zu erzählen, davon, wie mich der Onkel missbraucht hatte und was er mir anschließend alles gesagt hatte. Ich erzählte ihr, dass ich flüchten musste, ja gar keine andere Wahl hatte, als ich erfahren hatte, dass ich zu ihm ins Pfarrhaus ziehen sollte, erzählte ihr von den furchtbaren Schlägen, die ich von Vater bekommen hatte und dass ich es ihr einfach nicht erzählen hatte können, da sie es mit Vater doch ohnehin schon so schwer gehabt hatte und der Onkel doch ihr Lieblingsbruder war. Ich erzählte ihr von Prag, meiner Drogensucht, dass ich meinen Körper für Geld verkauft hatte, erzählte ihr von Zdenka, dem Entzug und vom Kloster. Ich erzählte ihr alles, kotzte mich aus und während ich redete und redete bemerkte ich, wie Mutter innerlich ganz starr wurde.

Als ich geendet hatte sagte sie nur »Das Schwein, das elende Schwein. Morgen ist er in Waidbuch und bekommt die Ehrenbürgerschaft, da stelle ich ihn zur Rede.«

»Du, lass es sein. Für mich ist die Sache vorbei, ich habe abgeschlossen damit.«

»Für mich aber nicht. Er muss büßen … er muss büßen.«

Die letzten Worte hatte sie fast unhörbar geflüstert.

Anschließend bat sie mich, mit zu ihr in ihre zwei Zimmer bei Oma und Opa zu kommen. Diese und Onkel Alois seien nicht zu Hause, sie seien zu Tante Gertrud, der ältesten Schwester meiner Mutter gefahren, wo sie übernachteten, um dann morgen mit dieser rechtzeitig zur feierlichen Verleihung der Ehrenbürgerwürde durch den Bürgermeister und dem Gemeinderat wieder hier zu sein, denn diese wollten sie auf gar keinen Fall verpassen.

Ich selbst war darauf verständlicherweise überhaupt nicht erpicht. Ich wollte meinem Onkel nie mehr im Leben begegnen, so dass Mutter und ich vereinbarten, dass wir uns am Abend nach Einbruch der Dunkelheit, wenn die Festlichkeiten vorüber waren und der Onkel wieder abgereist war, wieder an der Kapelle treffen wollten. Ich für meinen Teil wollte untertags Wolfgang besuchen und ihn um Verzeihung dafür bitten, dass ich unsere Freundschaft so abrupt hatte enden lassen. Mutter wusste, dass er im Nachbarort wohnte und dort jung verheiratet im Haus seiner Schwiegereltern lebte. Sogar seine Adresse hatte sie mir nennen können.

Inzwischen war es in der Kapelle richtig kalt geworden, es ging auch schon gegen Mitternacht. Wir hatten über unseren Gesprächen jegliches Zeitgefühl verloren. Ich ließ Mutter in den Skoda einsteigen und fuhr mit ihr zu dem mir ach so vertrauten, ach so viele süße Erinnerungen weckenden Bauernhof meiner Großeltern. Dort begaben wir uns gleich ins Obergeschoß, die alte Holztreppe ächzte wie immer, die Dielen knarzten, es roch heimelig nach altem Bauernhaus, es war ein Willkomm, wie ich ihn mir schöner nicht hätte erträumen können. In Mutters Bett war noch Platz für mich, ich wollte es so, wollte die Nacht an ihrer Seite verbringen. Eng aneinander geschmiegt waren wir rasch eingeschlafen.

Als ich am späten Vormittag erwachte, war Mutter schon aus dem Haus. Auf dem Holztischchen in ihrem kleinen Wohnzimmer hatte sie mir Kaffee in einer Thermoskanne, Butter, Honig, Marmelade und Brötchen dagelassen. Daneben lag ein Zettel, darauf stand ›Mach Dir um mich keine Sorgen, bis heute Abend‹.

Doch worüber hätte ich mir wohl Sorgen machen sollen? Alles war doch gut geworden. Ich kleidete mich an, frühstückte und fuhr zu Wolfgang, der aus allen Wolken fiel, als er mich sah. Er war gerade in dem kleinen Rasenstück vor dem Zweifamilienhaus seiner Schwiegereltern mit dem Rasenmäher zu Gange, als ich vor dem Haus anhielt und aus dem Auto stieg. Er hatte mich wohl sofort erkannt, denn die

Verblüffung war ihm förmlich anzusehen, die Kinnlade war ihm nach unten gefallen und er rang förmlich um Fassung.
  »Das ist nicht wahr. Josef, oder?«
  »Ja Wolfgang, da schaust Du. Ich wollte Dich nur um Entschuldigung bitten.«
  »Um Entschuldigung, aber wofür denn das?«
  »Na, dass ich damals so garstig zu Dir war und dann einfach abgehauen bin.«
  »Jetzt schau, dass du mit reinkommst und erzählst!«
  Wolfgang holte zwei Bier aus dem Keller und wir setzten uns auf seine Terrasse. Ich erzählte ihm in groben Zügen, wie es mir in den letzten Jahren ergangen war, und warum ich mich von ihm abgewandt hatte. Lediglich das mit dem auf den Strich gehen habe ich dann aber doch weg gelassen. Zunächst völlig erschüttert, dann ganz perplex hörte er mir schweigend zu und sagte nur, als ich geendet hatte »Na, das verstehe ich dann aber schon«. Damit war die Sache für uns beide erledigt. Wir waren wieder Freunde und er erzählte mir von seiner kürzlichen Hochzeit, seinem Beruf als Automechaniker und davon, was er sonst in den letzten Jahren so getrieben hatte. Als seine Frau, eine hübsche, zierliche Brünette vom Einkaufen nach Hause kam sagte er zu ihr »Das ist der, wegen dem ich überhaupt noch lebe. Er war lange weg und jetzt ist er wieder da und ich bin froh drum.«
  Anschließend musste ich noch zum Mittagessen und zum Kaffeetrinken bleiben, die Zeit verging wie im Flug und ehe ich mich versah war es wieder Abend geworden. Auch zum Abendessen wurde ich noch genötigt, es wäre unanständig gewesen, nicht zu bleiben. Als es schon eine geraume Zeitlang dunkel geworden war, fiel mir siedend heiß

meine Verabredung mit Mutter wieder ein. Eilends verabschiedete ich mich von Wolfgang mit einer langen innigen Umarmung und machte mich wieder auf den Weg zurück nach Waidbuch.

Still lag die Kapelle im bleichen Mondlicht. Die Türe stand offen, doch im Kirchlein war keine Menschenseele. Halt, auf dem Boden lag ein kleines Fläschchen mit der Aufschrift GHB, das kannte ich noch von Prag, Gamma-Hydroxy-Buttersäure, K.O.-Tropfen. Wie kamen die denn hierher, die waren doch gestern noch nicht dagewesen? Und was machte das Halstuch meiner Mutter daneben, das sie gestern noch um den Hals gehabt hatte? Ich nahm Fläschchen und Halstuch an mich und steckte es in meine Hosentasche, als ich von der nahegelegenen Schäferei einen stöhnenden Laut hörte. Ich verließ die Kapelle wieder und blickte in die Richtung, aus der der Laut gekommen war. Merkwürdig, im alten Ziegenstall brannte gedämpftes Licht, das orangegelb aus den Ritzen im alten Holz nach außen drang. Was mochte da vor sich gehen? Neugierig geworden schlich ich hinüber und spähte durch eine kleine Lücke in der Stalltüre.

Drinnen standen große Leuchter wie man sie sonst in Kirchen findet, darauf brannten flackernd Kerzen. Davor, nur als schattenhafte Silhouette erkennbar, offenbar ein Mann, der mit dem Rücken zu mir auf einem Stuhl saß. Den Kopf hatte er nach hinten geworfen, so dass man von oben auf seinen kahlen Schädel sah, der von einem grauen Haarkranz umrahmt wurde. Der Mann bewegte sich nicht. Irgendwie kam mir der Kopf von hinten bekannt vor. Aus der

Hütte vom Boden her kam erneut ein leiser stöhnender Laut. Es klang fast wie meine Mutter.

Ich drückte die Türe, die nur angelehnt war, auf und sah meine Mutter. Sie saß zusammengekauert und regungslos auf dem Boden, ihr Blick in unendliche Fernen gerichtet, ihr Gesicht beschienen vom unruhigen Licht der Kerzen. Neben ihr lag ein blutiges Messer, sowie zwei blutverschmierte bis zum Ellbogen reichende Handschuhe, wie sie üblicherweise von Reinigungskräften verwendet werden.

»Mutter, he Mutter, was ist los mit Dir, was ist passiert?« Keine Reaktion, keine Regung, nur ab und an dieses grässliche Stöhnen. Ich drehte mich zu der Gestalt im Stuhl um und da erkannte ich, dass es mein Patenonkel war. Er war an den Stuhl gefesselt und ganz offensichtlich tot. Jemand – und das konnte nach Lage der Dinge nur meine Mutter gewesen sein – hatte ihn verstümmelt und dann wohl verbluten lassen. Das ganze erschien mir wie ein Ritual, wie eine religiöse Handlung. Dazu passten das Kreuz vor dem geopferten Onkel, der Bibelspruch an der Wand, die Kerzen und das Ding in der Hostienschale. Meine Mutter hatte furchtbare Rache an ihm geübt, eine Rache, die ich nie hatte haben wollen.

Voller Grauen nahm ich das Messer und die Handschuhe an mich und steckte sie in meine Tasche zu dem Fläschchen und Mutters Halstuch. Ich hob meine Mutter, die ganz starr und bewegungslos war und mit dem Stöhnen aufgehört hatte, vom Boden hoch und trug sie zum Auto, wo ich sie vorsichtig auf die Rückbank bettete. Sie sah durch mich hindurch und zeigte weder auf Ansprache noch auf Berührungen irgendeine Reaktion.

Wie betäubt saß ich zunächst einige Zeit auf dem Fahrersitz und überlegte fieberhaft, was zu tun wäre. Ich wollte nicht, dass Mutter mit der Tat in Verbindung gebracht werden würde – das hatte sie nicht verdient. Also musste ich Mutter nach Hause bringen und danach Messer und Fläschchen verschwinden lassen. Der Onkel konnte ruhig bleiben, wo er war – dem konnte ohnehin keiner mehr helfen.

Also verließ ich den schauerlichen Ort und fuhr Mutter zum Hof meiner Großeltern, wo Gott sei Dank schon alles dunkel und ruhig war. Die Bewohner waren offenbar schon alle zu Bett gegangen. Ich öffnete vorsichtig die Haustüre und trug Mutter leise in die Stube der Großeltern im Erdgeschoß, wo ein großes mit rotem Samt überzogenes Kanapee mit geschwungenem Rücken und gepolsterten Armlehnen stand. Darauf bettete ich meine arme Mutter, die weiterhin mit weitgeöffneten Augen ins Nirgendwo starrte, gab ihr einen letzten, verzweifelten Kuss und schlich auf Zehenspitzen aus dem Haus. Man würde sie sicherlich morgen früh finden und ihr dann die nötige Hilfe zukommen lassen.

Ich jedenfalls konnte in diesem Dorf des Schreckens nicht bleiben, nicht an diesem Ort der so viel Unheil über mich und meine Familie gebracht hatte. Ich stieg wieder in den roten Skoda und fuhr davon, fuhr ziellos durch die Nacht. Als ich irgendwann einmal die Waldnaab überquerte, hielt ich kurz an und warf Fläschchen, Handschuhe und Messer in den Fluss, nur um dann meine planlose und irre Fahrt fortzusetzen, bis ich das Kreuz vor meinem inneren Auge sah, das Kreuz aus der Kirche von Prettau, den gequälten und geschundenen Christus. Und ich wusste, dass es nun genug war, ich hatte genug gelitten, ich hatte gebüßt für eine Sünde, die ich nicht begangen hatte. Es war genug, ich wollte endlich Frieden, ich wollte frei sein und ich wollte zu Zdenka. Da erschien mir der Gipfel des Seekofel aus der Dunkelheit meiner Gedanken in strahlender Helle und ich sah das magische Auge des Pragser Wildsees, das mich schon damals auf dem Ausflug mit Willi so angezogen hatte, als wäre es das Tor zur Ewigkeit. Da habe ich beschlossen dorthin zu fahren und endlich meine Ruhe zu finden.

So jetzt bin ich mit meiner Lebensgeschichte fertig. Es ist kalt geworden in meinem Auto und mich drängt endlich zu Ende zu bringen, was zu Ende gebracht werden muss. Ich werde das Büchlein jetzt bei Wolfgang abliefern und dann auf der Autobahn A93 in Richtung Süden und dann weiter zum Pragser Wildsee fahren.

EPILOG

Erschüttert legte Gerti Zimmermann in ihrem Arbeitszimmer das Paperblanks bei Seite. Ihr waren bei der Lektüre der letzten Abschnitte die Tränen gekommen. Sie schniefte laut hörbar in ihr Taschentuch und trocknete sich die Tränen mit ihrem Ärmel ab.

»Ist was mit dir? Weinst du?«, ertönte die besorgte Stimme ihres Freundes aus dem Flur, den er gerade durch die Haustüre betreten hatte.

»Nee lass mal, ist alles in Ordnung, es ist nur die blöde Pollenallergie.«

Lange und fest umarmte sie ihren Freund, der soeben ihr Arbeitszimmer betrat und lange ließ sie sich von ihm in der Nacht in ihrem Bett ganz fest halten.

Was sollte sie jetzt tun?

Fieberhaft dachte Gerti am darauf folgenden Morgen, als sie bereits wieder an ihrem Arbeitsplatz bei der Heimatzeitung saß, nach, welches ihre nächsten Schritte sein könnten. Zu aller Erst musste sie etwas über den Verbleib Josefs in Erfahrung bringen. Dazu wäre es wohl am besten, in der Gemeinde Prags in Südtirol nach zu fragen, ob man etwas über den Aufenthaltsort eines Josef Beierl wüsste.

Bei einem Telefonat mit der Gemeindeverwaltung in Außerprags wurde Gerti vom zuständigen Beamten darüber in Kenntnis gesetzt, dass man vor zwei Wochen einen Toten am Fuße der Nordwand des Seekofel gefunden habe. Ausweispapiere habe er keine dabei gehabt, aber ein herrenloses Auto mit tschechischem Kennzeichen, das auf dem Parkplatz beim Hotel Pragser Wildsee gestanden habe, hätte einem Kloster in Prag zugeordnet werden können. Man habe dann, wenn Gerti die Ausführungen des Gemeindedieners richtig verstanden hatte, mit dem Kloster Kontakt aufgenommen und von diesem erfahren, dass es sich bei dem Toten zwar um einen Deutschen handele, der aber über das Kloster in Tschechien mit Wohnsitz angemeldet sei. Nach Abschluss der polizeilichen Ermittlungen, die einen eindeutigen Suizid ergeben hätten, und nachdem die tschechischen Behörden einverstanden gewesen waren, habe man die sterblichen Überreste auf dringende Bitten des Klosters in die Tschechische Republik überführt. Sie sollten dort wohl im Klosterfriedhof ihre letzte Ruhestätte finden. Die deutschen Behörden habe man nicht informiert, da von Seiten des Klosters versichert worden sei, dass dies von Tschechien aus geschehen würde.

Während sie noch an ihrem Schreibtisch saß und versuchte das soeben Erfahrene einzuordnen und zu verdauen, reichte ihr Chefredakteur Meister eine Notiz:

›*Einstimmiger Beschluss des Gemeinderats in Waidbuch, eine Straße nach dem ermordeten Pfarrer Georg Hornberger zu benennen – bitte aus deinem recherchierten Material einen Artikel für die Wochenendausgabe fertigmachen.*‹

Das konnte jetzt doch nicht wahr sein! Das musste sie unbedingt verhindern. Sie bat ihren Vorgesetzten zwecks letzter Recherche in dieser Sache noch einmal nach

Waidbuch fahren zu dürfen. Dieser hatte nichts dagegen, ein Anruf in der Gemeindeverwaltung von Waidbuch verschaffte ihr einen Termin beim Bürgermeister, in einer Stunde möge sie sich vorstellen.

Der Bürgermeister war ein großer, kräftiger in unzähligen kommunalpolitischen Schlachten gestählter etwa sechzigjähriger Mann mit Halbglatze und grauem Kinnbart. Sein Lächeln war verbindlich, die Stimme sonor, der Händedruck schlaff.

»Womit kann ich Ihnen dienen, gnädiges Fräulein?«

Mit leicht anzüglichem Lächeln hieß er sie im Ledersessel vor seinem Schreibtisch Platz zu nehmen.

»Es geht um Pfarrer Hornberger. Sie dürfen auf keinen Fall eine Straße nach ihm benennen.«

»Und warum mein Mädchen meinen Sie, darf ich das nicht?«

Mit leicht süffisantem Lächeln und hochgezogener linker Augenbraue beugte er sich zu ihr nach vorne, bis sein Gesicht beinahe das ihre berührte und sie seinen, nach Pfeifenrauch stinkenden Atem riechen konnte.

Widerlich. Gerti wich zurück und setzte ihm auseinander, dass sie im Besitz von Aufzeichnungen des Neffen von Pfarrer Hornberger sei, mit denen sie belegen könne, dass dieser seinen Neffen missbraucht habe.

»Das interessiert uns nicht. Meinen Sie im Ernst, dass Aufzeichnungen eines Menschen, dessen Vater wahnsinnig geworden und dessen Mutter in der Psychiatrie gelandet ist, irgendjemanden interessieren? Der will sich nur wichtigmachen. Passen Sie lieber auf, Mädchen, dass Sie niemand wegen übler Nachrede anzeigt. So, jetzt habe ich zu tun, ich muss schließlich die Feierlichkeiten zur offiziellen Namensgebung in zwei Wochen vorbereiten. Aber wenn Sie am Wochenende mal frei haben und etwas erleben wollen ...«

Mit einem verschwörerischen Augenzwinkern begleitete der Bürgermeister sie nach draußen, wobei es sich nicht vermeiden ließ, dass er sie beim Durchschreiten der Türe wie zufällig an der Brust berührte.

Das war ja ein schöner Reinfall gewesen. Nicht nur hatte sie nichts erreicht, sie hatte sich auch noch von diesem widerlichen Schleimer angrapschen lassen müssen. Die Sache wurde auch nicht besser, als sie nachmittags wieder in der Redaktion eintraf und von ihrem Vorgesetzten mit vorwurfsvollem Blick empfangen wurde. Der Bürgermeister von Waidbuch hatte in der Redaktion angerufen und sich über Gertis unangemessenes Auftreten beschwert und man möge doch bittschön das nächste Mal einen anderen Mitarbeiter schicken. Der Chefredakteur war stinksauer, war der Bürgermeister doch auch stellvertretender Landrat und gute Beziehungen zur Politik die Garantie dafür, auch einmal an Insiderinformationen zu gelangen. Das was sie da übrigens an Informationen hätte, interessiere ihn ebenfalls nicht, er sähe das genauso wie der stellvertretende Herr Landrat. Und den Artikel über die Straßenbenennung würde er selbst schreiben. Das saß. Für heute war Gerti bedient. Doch nein, eine Möglichkeit das Ganze zu verhindern gäbe es vielleicht noch. Die Missbrauchsbeauftragte der Diözese Frau Justine Müller.

Man hatte nach den Enthüllungen über sexuellen Missbrauch im kirchlichen Umfeld in Josefs Heimatdiözese

– ebenso wie in allen anderen Diözesen – den Posten eines Missbrauchsbeauftragten geschaffen, um diesbezüglich eingehende Meldungen zu sammeln, zu überprüfen und die Pressearbeit zu koordinieren.

Kaum war Gerti nach Feierabend zuhause angekommen, fertigte sie eine Kopie der den Missbrauch betreffenden Passagen von Josefs Lebensbeichte an, verfasste eine in freundlichem Ton gehaltene Anfrage an die Missbrauchsbeauftragte mit der Bitte um Überprüfung und gegebenenfalls Einleitung entsprechender Konsequenzen und wenn diese nur darin bestünden, bei der Gemeinde Waidbuch darauf hinzuwirken, die Namenswidmung einer Straße zu verschieben, bis das alles geklärt wäre.

Die telefonische Reaktion der Missbrauchsbeauftragten Frau Justine Müller erfolgte prompt zwei Tage später. Diese bedankte sich mit sanfter und freundlicher Stimme zunächst für die Information und wollte wissen, ob es für das Geschehen unmittelbare Zeugen gäbe oder ob ›dieses Tagebuch da‹ die einzige Quelle sei.

»Denn wissen Sie, wir sind vom Ortspfarrer schon davon unterrichtet worden, dass es sich bei dem Tagebuchschreiber um einen Selbstmörder handelt, dessen Eltern beide dem Wahn anheimgefallen sind, und sie wissen ja, da ist das mit der Glaubwürdigkeit so eine Sache, da muss man schon unwiderlegbare Beweise haben, wenn man in so einem Fall etwas unternehmen möchte. Ich fürchte, wir können Ihnen in diesem Fall nicht weiterhelfen. Aber trotzdem vielen Dank nochmal für Ihrer Bemühungen.«

Es war zum Verzweifeln. Wohin sie sich auch wandte, überall Mauern, überall Wände. Gerti war frustriert. Die

Wahrheit interessierte einfach niemanden. Hauptsache die Fassade der fetten, selbstgefälligen Bürgerlichkeit war gewahrt, Hauptsache die Leute hatten mal wieder einen Grund zum Feiern, Hauptsache alles blieb schön unter dem Teppich, da wo es hingehörte. Dass ihrem Chef die guten Beziehungen zu den politischen Mandatsträgern der ›bayerischen Staatspartei‹ allerdings lieber waren, als eine solide Recherche, hatte sie schon schwer getroffen. Heute brauchte ihr niemand mehr mit irgendetwas kommen. Sie meldete sich krank und ging ins Schwimmbad, wo sie den Rest des Tages verbrachte.

Der Tag der feierlichen Straßentaufe war gekommen. Herr Meister hatte sich in den Chor der Jubelstimmen mit eingereiht und einen von Lobeshymnen strotzenden ganzseitigen Artikel verfasst. Selbstverständlich war er zu den Feierlichkeiten, die am frühen Nachmittag mit dem offiziellen Festakt beginnen sollten, als einer der Ehrengäste geladen. Es war zunächst eine Ansprache des Landrats, anschließend bewegende Worte seines Stellvertreters und Bürgermeisters von Waidbuch geplant. Anschließend würde die Straße feierlich benannt werden. Nach dem Festakt sollte es ein Standkonzert der Jugendblaskapelle Waidbuch zu Ehren des Prälaten geben, danach Freibier für alle Bürger. Dazu hatte man am Dorfplatz eigens Bierbänke und -tische aufgestellt. Abends sollten dann die Feierlichkeiten mit einem Festgottesdienst zu Ehren von Prälat Hornberger beendet werden. Dazu hatte sich Weihbischof Seeberger in Vertretung des Bischofs, der an diesem Tag unabkömmlich war, angekündigt. Der Diözesanbischof selbst, der gerne gekommen wäre, weilte in Fulda – die Vollversammlung der deutschen Bischöfe wollte sich bezüglich eines angemessenen Umgangs mit der zunehmend aus dem Ruder laufenden Missbrauchsdiskussion untereinander verständigen.

Gerti hatte an diesem Tag Urlaub genommen. Sie wollte nach Prag fahren, um das Grab von Josef Beierl zu besuchen und dort für seine Seele zu beten.

Das Grab der Karmeliter, wo man Josef bestattet hatte, befand sich auf dem Prager Zentralfriedhof. Gerti war zunächst zur Prager Kleinseite gefahren und hatte die Kirche Maria vom Siege aufgesucht. Dort hatte sie nach Pater Nicodemo gefragt, der sie freundlich willkommen hieß und, nachdem sie sich ihm vorgestellt hatte und er von ihrem Anliegen erfahren hatte, es sich nicht nehmen ließ, sie zum Friedhof zu begleiten.

»Isse so guter Junge gewesen, carissime Giuseppino. Bete jede Tag für ihn.«

Ja, das war er, das war er wirklich, das konnte sie unterschreiben.

Gemeinsam fuhren sie zum Zentralfriedhof, wo sich vor einer riesigen Lebensbaumhecke der große Grabstein der Karmeliter befand. Die Mitte des Grabsteins bildete ein Kreuz aus goldenen Mosaiksteinen auf hellem Grund, rechts und links waren schwarze Marmortafeln mit den Namen der Bestatteten angebracht. Davor befand sich eine gepflegte Rasenfläche, wo erst kürzlich ein Begräbnis stattgefunden hatte. In der frischen, neu angesäten Erde steckte ein einfaches Holzkreuz mit der Aufschrift ›Josef Beierl 1988 – 2010‹.

In stillem, gemeinsamem Gebet versunken verbrachten Gerti und Pater Nicodemo eine gute Stunde am Grab. Danach übergab Gerti dem Pater das Büchlein mit Josefs Lebenserinnerungen. Bei ihm wisse sie es in guten Händen. Nein, zum Kloster wolle sie nicht mehr mit zurückkehren. Da verriet ihr Pater Nicodemo noch ein Geheimnis, das ihm Libusa, die Fahrlehrerin anvertraut hatte, und welches er ihr guten Gewissens weitergeben könne. Libusa habe erst kürzlich einen Sohn geboren, der Vater sei Josef gewesen und sie habe das Kind nach seinem Vater benannt. Sie habe ihn, Nicodemo, das Patenamt angetragen, einer Bitte, der er gerne nachgekommen sei. Gerührt verabschiedete sich Gerti von dem guten Pater mit einer herzlichen Umarmung und begab sich noch zum Strachovkloster, wo sie vom Garten der Klosterwirtschaft aus von Josefs Prag Abschied nahm. Der Blick auf die im Tal der Moldau hingebreitete, vom Hradschin und dem Strachovberg bekrönte Stadt war atemberaubend, die träge dahinfließende Moldau glitzerte silbrig im Nachmittags-licht. Gerti konnte verstehen, warum Josef sich von hier oben in die Stadt verliebt hatte.

Dann fuhr sie wieder nach Hause.

Kurz darauf beendete Gerti ihr Volontariat beim Heimatblatt vorzeitig und nahm ein Studium an der MHMK-Journalistenschule in München auf.

Josefs Mutter starb gut drei Jahre später, im Dezember 2013 an einer verschleppten Lungenentzündung. Ihr Zustand hatte sich in den letzten Jahren nicht mehr verändert. Sie hatte weder auf äußere Reize reagiert, noch in all der Zeit irgendein Wort gesprochen.

Als Gerti bei einem Aufenthalt in ihrer Heimatstadt aus der Zeitung von deren Tod erfahren hatte, übergab sie jene, die Verfehlung des Prälaten Hornberger betreffenden Kopien von Josefs Aufzeichnungen an einen guten Freund, der an der Hochschule für Fernsehen und Film in München im Rahmen seiner Abschlussarbeit eine filmische Dokumentation über nicht oder nur unzureichend aufgearbeitete kirchliche Missbrauchsfälle in den bayerischen Diözesen erstellen wollte.

Als sie kurz darauf von diesem Bekannten auch noch erfahren durfte, dass binnen Jahresfrist eine Fernsehausstrahlung dieser Dokumentation geplant sei, ging Gerti Zimmermann erstmals nach sehr langer Zeit abends wieder mit einem richtig guten Gefühl ins Bett.

Ich danke
meinem lieben, alten Freund und Studienkollegen Stefan Singer,
der die Veröffentlichung dieses Buches noch gerne erlebt hätte,
dem dies aber auf Grund seines allzu frühen Krebstodes
am 25. Juni 2014 nicht mehr vergönnt war.

Meiner Frau Annette Lang-Bäumler,
für mich eine stete Quelle der Inspiration,
die mir die Freiräume geschenkt hat,
ohne die dieser Roman neben meiner beruflichen Tätigkeit
nicht hätte geschrieben werden können.

Meiner Lektorin Frau Regine Ries,
die mit großem Sachverstand und Einfühlungsvermögen
die Entstehung dieses Werkes begleitet hat.
Es war eine Freude mit ihr zusammen zu arbeiten.

Und last but not least
meinem Verleger Herrn Sewastos Sampsounis,
dessen Mut und Vertrauen es erst ermöglicht haben,
dass Sie liebe/r LeserIn dies Buch in Händen halten können.

Thomas Bäumler

BIOGRAPHISCHES

THOMAS BÄUMLER

Thomas Bäumler
wurde 1961 in Neustadt an der Waldnaab in der nördlichen Oberpfalz unweit der tschechischen Grenze geboren.
Nach seinem Medizinstudium in Erlangen arbeitete er zunächst als Frauenarzt an Kliniken in der Schweiz und Nordbayern. Seit 1994 führt er gemeinsam mit einem Kollegen eine frauenärztliche Gemeinschaftspraxis mit Schwerpunkt Brustdiagnostik. Er ist verheiratet, Vater von zwei Söhnen und wohnt nach wie vor in der nördlichen Oberpfalz. Neben seinem Beruf beschäftigt er sich intensiv mit Heimatarchäologie, Schwerpunkt Steinzeit. Zu diesem Thema wurden vom ihm bereits mehrere Aufsätze veröffentlicht.

Aus dem Verlagsprogramm

Maria Skiadaresi
Das Herz nach Istanbul tragen
Roman
aus dem Griechischen von Brigitte Münch
ISBN: 978-3-942223-29-4
ISBN: 978-3-942223-36-2

Orestis – verheiratet, eine Tochter – fliegt mit begründeter Angst geschäftlich nach Istanbul, denn zwischen Goldenem Horn und Bosporus wartet die unbewältigte Vergangenheit auf ihn: Kindheit in Athen, Studium in England und eine Studienreise in die Türkei, die ihm das Unerwartete brachte: Murad – die Liebe seines Lebens. Nichts ist jemals für ihn klar geworden, nicht einmal die sexuelle Orientierung. Dreißig Jahre danach trägt er ein vernachlässigtes Herz in die Stadt seiner Träume. Er hört es schlagen. Er hört es klagen. Er hört es fragen. Was ist aus Murad geworden?

Maria Skiadaresi, eine der bekanntesten Schriftstellerinnen der griechischen Gegenwartsliteratur, beschreibt das faszinierende Psychogramm eines Mannes, der im Schatten seiner dominanten Frau lebt und erst im Herbst seines Lebens nach einem Ausgang aus dem Irrgarten der Gefühle sucht.

Ihr Roman ist eine Liebeserklärung an Istanbul und eine Ode an die Liebe, die über Geschlecht und Nationalität steht, sich weder um sozialen Status noch um Ideologie schert und in jedem Körper ein Zuhause finden kann, weiblich oder männlich – die Liebe kennt keine Unterschiede.

Maria Skiadaresi schreibt Märchen, Erzählungen, Essays und Romane für Kinder und Erwachsene, übersetzt französische und türkische Märchen und schreibt literarische Kritiken. Viele ihrer Texte erscheinen regelmäßig in Zeitschriften, Zeitungen und Anthologien. Einige ihrer Werke wurden ins Katalanische übersetzt.

Iosif Alygizakis
Das Blau der Hyazinthe
Roman
aus dem Griechischen von Hans-Bernhard Schlumm
ISBN: 978-3-942223-84-3
eISBN: 978-3-942223-85-0

Auf der Suche nach dem ersten Job übernimmt ein angehender Lehrer den Privatunterricht für den 13-jährigen Aristarchos und gibt Nachhilfe in Latein, Griechisch und Aufsatzschreiben. Der jugendliche Lehrer ist der einzige Mann, der seit vielen Jahren die Wohnung von Mutter und Sohn betreten hat, und er glaubt, die Augen des Jungen deuten zu können. Er selbst lebt in ständiger Furcht, sein Geheimnis könnte entdeckt werden – er steht auf Männer – und somit treiben ihn Scham- und Schuldgefühle dazu, bewusst männlich aufzutreten. Doch während des Unterrichts passiert es. Der Lehrer verliebt sich in seinen Schüler. Leiden, Bangen und Täuschen werden seine ständigen Begleiter. Gleichzeitig erlebt Aristarchos seine Pubertät und empfindet den Lehrer als Ersatz-Vaterfigur. Jede Geste wird missverstanden. Von beiden Seiten. Mit verheerenden Folgen.

Iosif Alygizakis, einer der ersten neugriechischen Autoren, der in seinen Romanen offen über homoerotische Themen schreibt, vermittelt in poetischer Sprache die Gefühlswelt eines Mannes, der gefangen ist in der moralischen Verurteilung der Gesellschaft. Die Hafenstadt Chania bildet die Hintergrundkulisse für den hilflos seinen Ängsten ausgelieferten Protagonisten, einen einsamen und träumerischen Lehrer, der zum Zentrum des sexuellen Erwachens seines jungen Schülers wird. Das neue Spiel wird Liebe genannt. Aber wie lange dauert eine jugendliche Liebe?

Monika Carbe
Die Friedhofsgärtnerin
Roman
ISBN: 978-3-942223-82-9
eISBN: 978-3-942223-83-6

Niemand kennt ihre Vorgeschichte, und genau so will sie es haben. Alice, Ende 40, ist freundlich, etwas scheu, beschwert sich nie und arbeitet gerne als Gärtnerin auf dem Frankfurter Hauptfriedhof. Sie prägt sich Namen und Daten auf den Grabsteinen ein – Oberbürgermeister, Stadtverordnete, Sinti und Roma – genießt die grüne Oase, die sie umgibt und durchstreift in den Pausen mit ihrem Fahrrad die Stadt. Als bei den Arbeiten rund um das Ehrenmal für die Gefallenen der beiden Weltkriege, in diesem versteckten Teil des Friedhofes ein paar Haschischpflanzen gefunden werden, beginnt für sie und ihren ausländischen Arbeitskollegen, mit dem sie sich gut versteht, eine schlimme Zeit: Kündigung, Gerichtsverfahren, Medienjagd. Alice wird aus ihrer stillen Welt rausgerissen und die Vergangenheit holt sie ein. Familiengeheimnisse und Ängste verfolgen die labile und melancholische Frau bis in ihre Dachkammer im Westend. Wer kann ihr helfen, wer holt sie aus ihrer selbstgewählten Einsamkeit heraus? Wer gibt ihr Arbeit und Selbstwertgefühl zurück?

Monika Carbe lässt die 1990er Jahre wieder aufleben, eine Zeit, als die Grenzen der bekannten Weltordnung neu gezogen wurden und Rechtsradikale sich verstärkt zu Wort meldeten. Ihr Roman ist eine Mahnung an die Gesellschaft und gleichzeitig ein Lobgesang auf das multikulturelle Frankfurt, das auf seinem Hauptfriedhof die eigene Vergangenheit bewahrt, hegt, pflegt und neu bepflanzt.

Jannis Plastargias
Liebe/r Kim
Briefroman
ISBN: 978-3-942223-92-8
eISBN: 978-3-942223-93-5

Ein Anruf reißt Kosmás aus dem beschaulichen Gleichgewicht seines Lebens. Bei seinem Neffen wurde Krebs diagnostiziert. Zwanzig Jahre ist es nun her, dass er selbst an einem Weichteilsarkom im Knie litt. Ist das nun Zufall? Erbliche Vorbelastung? Er muss nach Hause und seine Notizen suchen. Jahrelang hatte er vor, sie in den PC einzugeben und auszudrucken, doch alleine die Aussicht, das alles abtippen und noch einmal durchleben zu müssen, ließ seine Stimmung sinken. Könnten diese Seiten auch seinem Neffen helfen und ihm in seiner Bedrohung Beistand leisten? Einen Versuch ist es wert. Kosmás hat den Krebs damals überlebt, und ebenso die Chemotherapie und Bestrahlungen. Woher die Idee kam mit den Tumor zu sprechen, weiß er nicht mehr – damals hat es aber geholfen, das Sprechen und vor allem das Schreiben.

Jannis Plastargias erzählt vom Erwachsenwerden mit gesundheitlichen Problemen. Dieser Briefroman ist ein Plädoyer dafür, niemals aufzugeben, mag die Welt auch noch so düster aussehen.

Thomas Pregel
Die unsicherste aller Tageszeiten
Roman
ISBN: 978-3-942223-28-7
eISBN: 978-3-942223-35-5

Der berühmte ›Torture porn-origins‹-Maler flieht aus Berlin. Er hat Angst von den Folgen seiner Taten, nicht nur der aus der letzten Nacht: Süchtig nach schmutzigem, anonymem und ungeschütztem Sex mit Männern. Hat er jemanden getötet? Gewissensbisse jagen ihn. Wie konnte sich sein Leben nur so entwickeln? Thomas Pregel kartographiert das Innenleben eines Malers, das beherrscht ist von der Angst, die Realität zu akzeptieren und Verantwortung für sich selbst zu übernehmen. Trotz Aufklärung über HIV und AIDS balanciert sein Antiheld auf dem Seil der Ansteckungsgefahr, provoziert mit rohen Sexszenen und fasziniert gleichzeitig mit atemberaubenden Gefühlswelten.

Ein Roman über die Kunst, ihre Wahrnehmung und Wertschätzung, eine intime Retrospektive des Künstlers, seines Werdegangs, seiner Inspirationen und Schwächen, und eine Geschichte über die unsicherste aller Tageszeiten, wenn das Herz nach Liebe pocht.

Peter Pachel
Maroulas Geheimnis
Kommissarin Waldmann ermittelt auf Paros

ISBN: 978-3-942223-76-6
eISBN: 978-3-942223-77-5

Die griechische Insel Paros ist ein beschaulicher Platz, um Urlaub zu machen, und so trifft sich jedes Jahr aufs Neue eine eingeschworene Gemeinschaft, die bestens vertraut ist mit der Insel, ihren Einwohnern und Eigenheiten. Doch dieses Jahr bricht der Sommer in das geruhsame Inselstädtchen Naoussa mit Gewalt ein. Als noch Katharina Waldmann, die deutsch-griechische Chefin der Mordkommission Athen, zur Amtshilfe auf die Insel gerufen wird, ist jedem klar, dass ein Mord aufgeklärt werden soll. Paros beweist plötzlich allen Beteiligten, dass es voller Geheimnisse steckt.

Peter Pachel inszeniert die beliebte griechische Kulisse aus Urlaub und Gastfreudschaft neu, bettet seine Charaktere zwischen Tradition und Tourismus ein und lässt sie über Homosexualität und Natur stolpern.

www.groessenwahn-verlag.de